明治39年千駄木町の自宅にて撮影

書斎での漱石

夏目漱石

●人と作品●

福田清人
網野義紘

Century Books　清水書院

原文引用の際，漢字については，
できるだけ当用漢字を使用した。

序

青春の日に、伝記や文学作品を読むことは、人間の豊かな精神の形成に大いに役立つものである。伝記については史上いろいろな業績を残した人物すべてにわたっていえることであるが、ことに美と真実を求めて、その所信に進んだ文学者の伝記は、その作品の理解にも絶対に役立ってくれるものである。

たまたま清水書院より、近代作家の伝記及びその作品を解説する「人と作品」叢書の企画について相談を受けたのは昭和四十年初夏のことであった。

それは読者対象を主として若い世代におき、執筆陣は既成の研究者よりむしろ私が講座をうけもっていた立教大学の日本文学研究室の大学院に席をおく新進の研究者の新鮮で弾力ある文章を期待するということであった。

私はこの新人に執筆の機会を与えられたことを喜び、その期待に応じうる人々を推薦することにした。また、いちおう私にその編集の責任一切をまかせられたので、とりあげるべき作家、第一期十名、第二期十名の選出をきめ、さらに叢書としての体裁から、一冊の構成のあらましを定め、他は一切それぞれの個性に応じて自由に書いてもらった。

本書の夏目漱石は、記すまでもなく近代作家の最も高い峰の一人で、その評伝も数多く出ている。その峰の新しい登山道を発見することも困難なような存在である。

執筆者は、よく先行者の登山道を見究めながら、そのあとをたどって自分の歩調で登りながら、一方、素直に自分の眼でその道や、景観を見きわめて行かなければならない。

そして、若い人々にそのガイド役をつとめてくれる本を書き残してくれれば、その意義があるのである。

本書の執筆者網野義紘君は、漱石が幼時生活した浅草に生まれ、立教大学大学院で、明治文学を専攻したが、現在明治大学・共立女子大学の講師である。

きわめて着実、緻密な性格であるが、進んで漱石執筆を希望したところ、期するものがあったにちがいない。

私も編者としての責任上、その原稿に眼をとおしたが、あの巨大な漱石について、その漱石文学入門の書としてまことにふさわしいものをまとめたと思う。

福田清人

目次

第一編　夏目漱石の生涯

第二編　作品と解説

第一編　夏目漱石の生涯

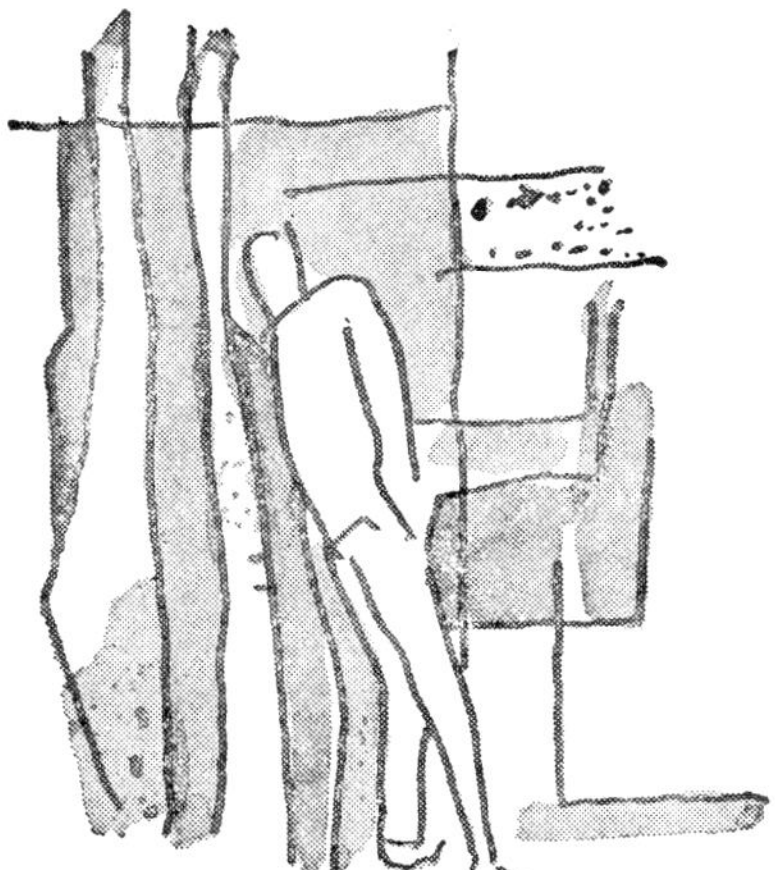

里子から養子へ

生家

夏目漱石は慶応三年（一八六七年）一月五日（太陽暦二月九日）名主を職としていた夏目小兵衛直克《なおかつ》と千枝《ちえ》との末子として江戸の牛込馬場下で生まれた。千枝は直克の後妻で、二十七、八歳のときに先妻ことが佐和《さわ》（長姉）、ふさ（次姉）の二人の娘をのこしてなくなったので、直克にむかえられた。千枝には長兄大一（後に大助とよぶ）、次兄栄之助、三兄和三郎（後に直矩《なおのり》とよぶ）、四兄久吉（文久二年、一八六五年に四歳で死亡）、三女ちか（慶応元年、一八六五年に二歳で死亡）それに五男の漱石を含めて五男一女があった。

漱石が生まれた年は明治元年と年号があらたまるその前年にあたる。徳川幕府が崩壊し、明治政府が誕生する大きく混乱した時期に生まれたのであった。当時は今日では信じられない迷信が人々の生活の中にとけこんでいた。たとえば「申《さる》の日の申の刻（午後四時ごろ）に生まれたものはよく行けば非常に出世するが、悪く行けば大泥棒になるおそれがある。大泥棒にならないようにするのには、名前に金篇のついた字をつけるといい」ということがまことしやかにいいふらされていた。漱石が生まれたのはその庚申の日で、しかも申の刻であったので金之助と名づけられた。

漱石の父直克は江戸の牛込から高田馬場一帯をおさめている名主で、公務をとりあつかい、たいていの民事訴訟もその玄関先で裁くほどで、かなりの権力をもっていたし、生活も豊かであったのであるが、それまでになるのにはかなり苦労した。

夏目家の系図によると、何代目か前の先祖が武田家につかえ、八代郡夏目邑《むら》を賜わり、それから数代後に武田勝頼が没落したので、甲州から武州埼玉郡岩槻邑に移り、更に後武州豊島郡牛籠村にかくれて郷士となった。元禄十五年（一七〇二）四月、兵衛直情のとき、名主に任じられた。夏目家は江戸の「草分名主」だといい伝えられたが、正確には疑問である。また漱石が小学校へ通っていたころ、遠い祖先のなかに裏切り者がいて、武田家の滅亡を早めたことを聞かされて小さいこころを傷め、喧嘩の相手にそれをいわれると色を変えて逃げたといわれているが、漱石が幼ないながら正義感と恥《はじ》を知るこころを早くからもっていたことがわかる。このエピソードも、本当に祖先にそういう人がいたかどうか不明である。それはさておき、漱石の祖父直基は道楽者で、死ぬときも酒の上で頓死《とんし》したといわれるほどの人であったから、夏目家の財産は直基一代で傾いてしまった。したがって漱石の父直克は夏目家の家運を

夏目家系図

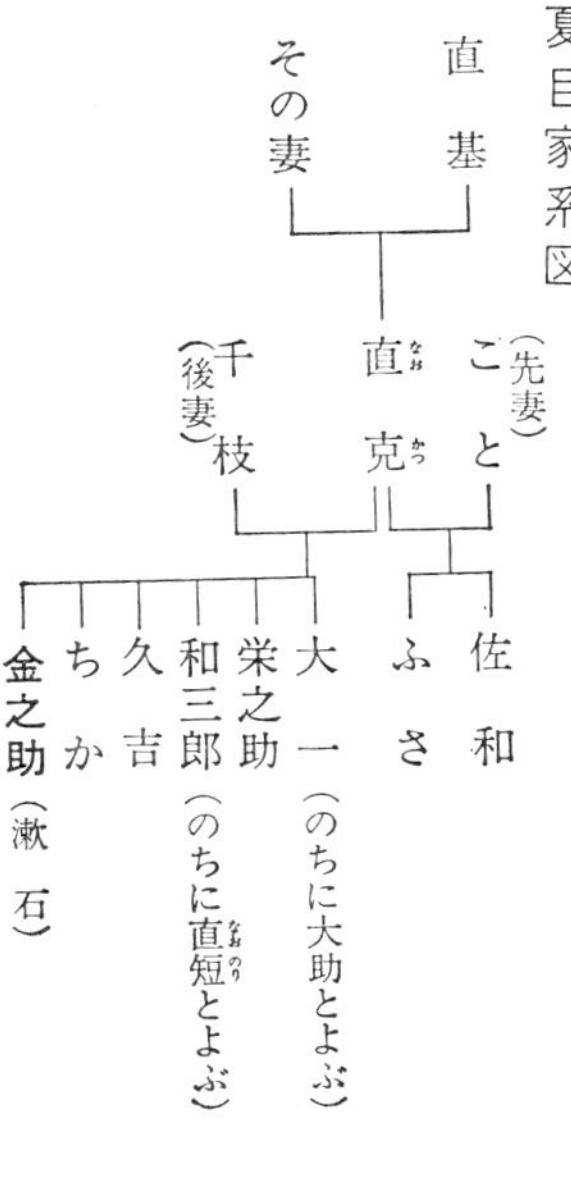

盛んにすることに努力しなければならなかった。その努力の結果、相当の財産を得ることができた。

夏目家の盛んな有様は町内の人々がその大きな構えを「玄関《げんか》々々」（玄関で裁判が行なわれたからである）とよんでいたことに象徴的である。「式台のついた厳《いか》めしい玄関付の家は、町内にたつた一軒しかなかつた」と漱石は『硝子戸《がらすど》の中』という作品にかいている。また、電車も人力車もないその時分に、姉たちは夜半から支度をして浅草の猿若町へ芝居見物に出かけたはなやかな様子を兄から聞いて『硝子戸の中』にかいている。

それによると、当時家から町らしい町へ出るのにはどうしても人家の少ない茶畠や竹藪《やぶ》や長い田圃路《たんぼみち》を通りぬけなければならなかった。姉たちが芝居見物に行くときは途中が物騒だというので用心のため下男がかならず供をした。彼女たちは筑土《つくど》を下りて揚場（新宿

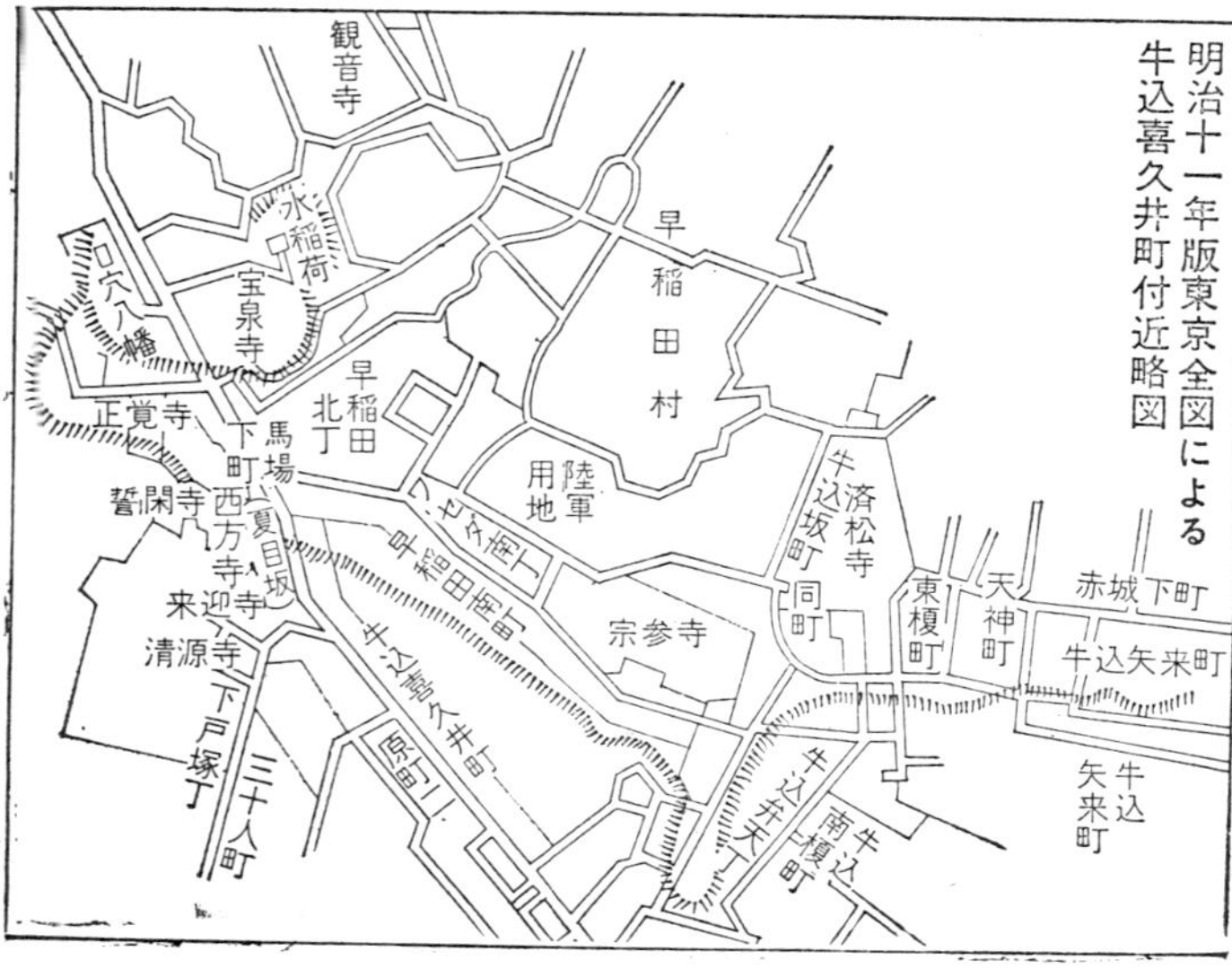

明治十一年版東京全図による牛込喜久井町付近略図

区揚場町にあって神田川の着船所）へ出て、あつらえておいた屋根船に乗り、浅草今戸に着けた。席も「設《もう》けの席」といって、あらかじめ用意された一般の眼につく席をとり、幕合にはひいきの役者の部屋に案内され、扇子に画をかいてもらったりしたという。また、家に泥棒がおし入り、五十両の財布《さいふ》を渡してしまったこともあった。五十両という大金が財布の中に入れてあるほど豊かであったのである。

夏目家の威勢はそればかりではない。定紋が井桁《げた》に菊であることから町名を喜久井町としたのも、自宅の前から南の方向へ行くおりどうしても登らなくてはならない坂を夏目坂と名づけたのも直克であった。また、青山に所有の田があり、そこからあがる米だけでも家人が食べて余ったという。『硝子戸《がらすど》の中』には名主という仕事の性質上、つきあいも自然はでにしなくてはならず、一中節を習ったり、なじみの芸者におくりものをしたりする父のすがたもかかれている。

ここで漱石の母についても述べておく必要がある。母千枝は伊豆橋という新宿の遊女屋の娘であった。遊女屋は当時はそれほどいやしい職業とみなされず、一種の社交場とされていた。その家族は店と別に住み、遊芸や茶の湯をしてすごすというふうで、趣味的な生活をしていたのである。しかし直克はやはり世間体を考えに入れた。そこで千枝の姉の嫁入先の、芝の、薩摩藩お出入の炭問屋、高橋長左衛門の妹として結婚したが、おもてむきは四谷大番町の鍵屋という質屋から嫁いだことにしていた。それで漱石は終生、母の実家は質屋だと思いこんでいたらしい。千枝は嫁ぐ前は御殿奉公をしていた。そのころの女性としての教養の高い、気だてのよい人であった。『硝子戸の中』には、母子のあたたかい情愛にみちた夢の話がかかれている。自分のものではない高額の金を使ってしまって子供の日の漱石がたいへん苦しんで寝ている。耐えられない苦しさからしまいに大きな声で母を呼んだところ、母は微笑しながら「心配しないでもいいよ。おっかさんがいくらでもお金を出して上げるから」といってくれたので安心してまたすやすや寝てしまった、というのがその夢の内容であるが、かしこくしっかりした母を兄もうやまいおそれていたが、末っ子の漱石は他の兄弟よりあまやかされ、それだけになつかしがる気持ちもあっただろう。その母は漱石が十五歳のときになくなったが、後年、記憶にのこる母は、幅のせまい黒繻子《くろじゅす》の帯を締めた気品のある姿をしていた。

里子

前にも述べたように、漱石が生まれた時期はそれまで権力の座にあった士族階級が滅び、新旧が交替する一大混乱期であった。士族階級の権力をうしろだてに、名主の地位を占めて、かなり余分の収入を得ていた夏目家も時代の波をうけて、生活もこの時には苦しくなっていた。直克にとって一人でも子供が増えることは負担になる状態であった。母は四十一歳で漱石をみごもったとき、こんな年をして懐妊するのは面目ないと思っていた。

そういうことから、漱石は生まれると間もなく貧しい古道具屋夫婦のところへ里子に出された。赤子の漱石は道具屋のがらくたと一緒に小さいざるの中に入れられて、毎晩四谷の大通りの夜店にさらされていた。そこへ、ある晩、姉が通りかかって見つけて、かわいそうに思って家へつれてきた。その夜、赤子はどうしても寝つかず、一晩中泣き続けたので、姉はたいへん父から叱《しか》られた。父の気持ちのなかには単純に、泣き続ける子供をいやがること以外のものがあったであろう。

養子

実家にもどされた漱石は、その翌々年（明治二年）三歳のときに、今度は新宿二丁目に住み、やはり名主をしている塩原昌之助のところへ養子にやられることになった。塩原は直克に書生同様にして仕えた男であったが、見どころがあるように思えたので、直克は同じ奉公人のやすという女と結婚させ、新宿の名主の株を買ってやった。塩原は自分に子供がなかったので、夏目家で負担になっている末っ子を引きとって、夏目家に恩がえしをする一方、塩原自身の家を引き立てようという気持があったようだ。

漱石は高藪でおおわれた小さな赤い門のある新宿の塩原家に引きとられてそこで養なわれたが、それから塩原は漱石をつれて新宿仲町に移転した。そこはなんと実母の実家であった。漱石は母千枝の実家が遊女屋であったことは全く知らされなかった。したがって、養父の新しい住居が、自分のいる家が、母の実家であることは全然思いもしないという不思議なめぐり合わせにあったわけである。のみならず、漱石は本当の両親をおじいさん、おばあさんと思いこんでいた。その人たちが本当の両親であることを知ったのはそれからまた後のことである。

『道草』の中で漱石は当時を回想している。その家は真四角で幅の広い梯子《はしご》段のついた二階があって、二階の上も下も幼い子供の眼には同じに見えた。廊下で囲まれた中庭も真四角だった。いくつとなく部屋が続いていた。これらは遊女屋の特徴を示すものである。不思議なことにその広い家には人が誰も住んでいなかった。それを淋しいと思わずにいられるほど漱石は幼なかった。彼の眼には、続いている部屋や遠くまでまっすぐに見える廊下などがまるで天井のついた町のように写った。そうして、人の通らない往来を歩く気でそこいらじゅうかけまわった。現在すっかり盛り場となっている新宿は当時はただのさびしい宿場であった。幼い彼はあたりの池で鯉《こい》を釣った。魚が糸にかかると逃げようとする強い力が二の腕に伝わった。彼にはその魚が気味のわるいものに感じられた。それが水の底に自分を引っ張り込もうとしているような気がしたのである。彼は恐ろしくなって、すぐ竿を放りだすのであった。

その後、塩原は浅草三間町へ移転した。三歳になった漱石は、種痘《しゅとう》がもとでほうそうにかかり、暗い櫺子《れんじ》(窓のこうし)のうちでころげまわって、全身の肉をところかまわず掻《か》きむしって泣き叫んだ。顔にはあばたが残った。

養父は浅草の添年寄(区長)になっていた。家は細長い屋敷を三つに区切ったもののまん中にあった。厩橋《うまや》の上手の川べりだったから、土間から外へ出ると、白帆をかけた船が何艘《そう》となくいったりきたりするのが見えた。住居と扱所(区役所)とはその細長い家をしきっただけのものだったので、塩原は縁側ずたいに出勤し、同じ縁側を歩いて帰宅した。子供の漱石は扱所の人たちが仕事をしているところへ顔を出し、うるさがられるようないたずらを続けざまにした。養父は叱《しか》らなかった。養父は大変なけちんぼうで、養母は一層吝《りん》嗇《しょく》だったのにもかかわらず、漱石の欲しがるものはなんでも買って与えた。鎧《よろい》や兜《かぶと》を買ってもらった漱石は、日に一度ずつそれを着て、金紙でこしらえた釆配《さいはい》をふりまわして遊んだ。

しかし、それは塩原夫婦の漱石への愛情から出た行為ではなかった。養父母の態度の裏側には、子供の機嫌《げん》をとっておいて、自分たちの利益をはかろうとする気持ちがあった。彼らは子供に、「おまえの本当のお父さんとおっかさんは誰だい」と何回も何回もしつこくたずねた。子供が養父母を指で指し示すと、彼らは喜ばしげに顔を見合せて、ほくそ笑むのであった。

塩原夫婦を本当の父母だと思いこんでいた漱石も、しつこくきかれるうちに、苦しめられるような心持ちになった。時には、苦しいより腹がたって、返事をしないでわざと黙《だま》っていたくなった。純良な気質はおさえつけられ、彼は強情で依怙地《えこじ》になり、養父母に反発するごとに自由をあこがれるようになった。養母がかげではある女を口ぎたなくののしっておきながら、その女を前にすると歯のうくようなお世辞をいっているのを見ると、彼はがまんできずその場ですっぱぬいた。このことは、彼の強情さが虚偽をにくむ方向にのびていたことを示している。

明治七年、漱石は八歳になり、浅草寿町の戸田学校に入学した。このころ、養父昌之助に別の女ができたのが原因で、養母やすと争いが絶えず、やすは漱石をつれて別居し、彼を専有物にし、たよろうとした。その態度を子供ながら敏感な漱石は、愛情より欲による邪気とうけとるのだった。

実家に引きとられて

明治九年、十歳になった漱石は牛込の実家に引きとられた。籍はあい変わらず塩原姓のままである。実父は生活に苦しんでいたし、離れていた子供への愛情もうすくなってきていた。もどってきた子供を、彼は厄介《やっかい》に感じた。食べさせるだけは食べさせてやろう、しかしその他のことはこちらではかまってやれない、塩原家に籍があるのだから、塩原でするのが当然だ、というのが実父の気持ちであった。

その塩原の方は、実家に預けておきさえすればどうにかするだろう、そのうち金之助が一人前になって少しでも働けるようになったら、こちらへなんとでもしてもどしてしまえばよい、と思っていた。漱石は後に『道草』で当時をふりかえり「健三（漱石自身を指す）は海にも住めなかつた。山にも居られなかつた。両方から突き返されて、両方の間をまごくしてゐた。」とかいている。

彼には父に対して情愛のこもった優しい記憶をもつことはついになかった。このように漱石は、早くから世の中のつらさをなめさせられたのである。それだけに愛情を求める気持ちも強かった。後に本当の父母が、自分がおじいさん、おばあさんだと思っていた人であることを女中にそっと知らされたとき、たいへん嬉しく思った。事実を教えてくれたからではなく、女中が親切にしてくれたそのことが嬉《うれ》しかった。

ある日、漱石が養家を訪問したところ、塩原は「もうこっちへ引き取って、給仕でも何でもさせるからそう思うがいい」といった。「なんでも長い間の修業をして、りっぱな人間になって、世間に出なければならない」という自覚ができてきていた彼は、驚いて逃げ帰った。「給仕になんぞされてはたいへんだ」、そう彼は何べんも心のうちでくりかえした。

実家に引きとられた金之助は、小学校も牛込市ケ谷柳町の市ケ谷小学校に転校した。年上のがき大将を短刀でおどして降参させたりするようなわんぱくものであったが、成績はよく、何枚もの賞状や、賞品に「勧善訓蒙《かんぜん》」「輿地誌略」などの書物をもらった。漢学が好きで、先生が黒板に「記元節」とかくと、堂々と出ていって、「紀元節」と訂正した。その先生はおとなしい爺むさい人だったので、後で、あれがみんなの怖《こわ》がっている校長先生であればよかったと思った。

小学校

また、金之助は読書好きだった。喜いちゃん（桑原喜一）という仲のよい友人が近くにいて、二人はよく文章を論じておもしろがった。喜いちゃんはむずかしい漢文の書物の名まえをあげたりして金之助を驚かせることもあった。

ある日、喜いちゃんは太田南畝（蜀山人）の考証随筆『南畝莠言《なんぽしゆうげん》』という本を売ってくれるように友だちからたのまれた。それは自筆本だったからずい分値うちのある本だった。金之助は喜いちゃんが五十銭というのを値切って二十五銭で買った。あとで喜いちゃんはそれでは安すぎるから返してもらうようにたのまれて、また金之助のところへやってきた。金之助は本を返した。のみならず払った二十五銭も受けとらなかった。彼は安く買った満足と同時に、なんとなく不善の行為をした不快をはっきり感じて、自分をとがめたのである。少年漱石はそういう良心をもっていたのだった。

十二歳になると、金之助は神田猿楽町の錦華小学校へ通った。回覧雑誌に『正成論《まさしげろん》』をかいた。楠正成の純粋な忠臣ぶりを讃えたもので、自分がいおうとすることも簡潔に述べ、豊富な語彙《ごい》を使いこなしている。

立志のころ

中学時代

漱石は明治十二年、十三歳のとき、神田一ツ橋の東京府立第一中学校に入学した。当時、東京にある中学はこの中学だけで、先生も、教科書も、必要な器具もきわめて不十分な状態であった。課程は「正則」と「変則」とにわかれていて、「正則」は一般の普通学を教え、「変則」は英語をおもに教えていた。

漱石が在学していたのは「正則」の方であった。大学予備門へすすむのには、「正則」よりも、もっと英語を勉強させていた「変則」の方が有利であったが、漱石は英語に興味をもっていなかった。兄から英語を教わったこともあったが、兄はおこりっぽい性質のところにもってきて、漱石は英語がきらいなのだから、ながが続きせず、たいしてはかどらないでおわってしまった。

十五歳のとき、そこをやめて、漢学者三島中洲《みしまちゅうしゅう》の二松学舎に入学して、好きな漢文の勉強をした。そこで、唐詩選や孟子、史記のような書物や、文章軌範の類のものも読んだ。このように、漢学の素養をつんだことは、後に文学者として役立つところが大きかった。

漢籍や小説を読んでいるうちに、自分も文学をやってみようという気持ちをもつようになったが、兄の大助に話すと、兄は「文学は職業にはならない。趣味にすぎないものだ」といって、漱石を叱った。そのころは、政治小説や外国の科学小説が人々の眼をひき、社会が文学に関心をもちはじめた時期ではあったが、文芸の価値が認められるのにはまだまだ遠い距離にあったのである。漱石の志望は、兄から反対されてひきさがるくらいのよわいものであった。

小説家として身をたてようという気はなかったが、「なんでも長い間の修業をして立派《りっぱ》な人間になって、世間に出なければならない」という気持ちはかなり強くもっていた。

新しい外国の文明がどんどん入ってくるのを見ると、漱石は漢籍ばかり読んで、この文明開化の世の中に、漢学者になってみてもしかたがない、と思うのだった。もっとみじかに考えて大学に入学して勉強するためにも、英語をしっかりと学ばなくてはならなかった。それはすでに、二松学舎に移る前から考えていたことであった。そこで、彼は二松学舎をしりぞいて、神田駿河台の成立学舎という英語専門の学校に通学した。そこは、先生は大学生が多かったが、各学科の教科書はほとんど英語の原書をつかっていた。英語をしっかり学ばなくてはならないことを痛感していた漱石は、けんめいにそれにとりくんだ。入学するとすぐに、好きな漢籍の本をおしげもなく全部売りはらい、その金で英語の書物を買う、という徹底ぶりであった。

成立学舎に入学したのは明治十六年である。その前々年、明治十四年に母千枝はなくなった。漱石は終生この母を慕った。『硝子戸の中』で漱石はかいている。

「母の名は千枝といつた。私は今でもこの千枝という言葉を懐《なつ》かしいものゝ一つに数へてゐる。だから私にはそれがたゞ私の母丈《だけ》の名前で、決して外《ほか》の女の名前であつてはならない様な気がする。幸ひに私はまだ母以外の千枝といふ女に出会つた事がない」

と。薄幸な少年時代を送った彼にとって、母こそいつもやさしい姿でよみがえる唯一の人であった。

このころ、漱石は自宅を出て、小石川の極楽水のそばの新福寺の二階に下宿して、そこから成立学舎へ通っていた。同じ部屋に橋本左五郎（後に東北大学教授になった）がいて、二人はいっしょに自炊生活をし、かなり自由に暮していた。

部屋代、食事代は月々二円でまかなうことができた。二人は一日おきの割合で友達と牛肉を食べることもできたが、なにしろ、十銭の牛肉をみんなで七人の人が食べるのだから、大きな鍋《なべ》へ汁をたくさん入れて、牛肉はそのなかにうかして食べるという具合であった。また、毎晩、門前へ売りにくる汁粉《しるこ》を食べた。汁粉屋のおやじがやってきた合図にうちわをバタバタ鳴らすのを聞くと、漱石はがまんできずにとび出していって食うのであった。家から離れて暮した橋本との共同生活は、まことに自由な楽しいものであった。

そのうちに、予備門の入学試験のときがきた。数学が得意でなかった漱石は、代数がむずかしくて困った。隣には橋本がいる。漱石は橋本にそっと教えてもらって、やっと合格できた。ところが、橋本の方は不合格だった。その後、追試験で橋本も合格したが、また、落第して「なんだ、くだらない」といって、北海道の札幌農学校（現在の北海道大学農学部の前身）へ入学した。

大学予備門

明治十七年九月、予備門（今の教養学部）に入学した漱石は、まもなく盲腸炎にかかった。漱石の回想によると、例の汁粉を食べすぎたためだという。それで、一時自宅へ帰ったが、全快すると、今度は神田猿楽町の末富屋《すえとみや》という下宿へ、おおぜいの友達と下宿した。このように、家を離れて生活していることは、通学に便利だということばかりでなく、家族といっしょにいると、どうしても直面する不快なことを、つとめてさけようとしていることを示している。母はすでになく、父は愛情をかけてはくれず、長兄の大一は漱石を愛したが、大一以外の兄たちは、うちの骨董品《こっとうひん》をもち出しては遊び暮すというような道楽ものであったのである。

末富屋に下宿している学生は、漱石も含めて、予習もせずに、一学期から一学期へかろうじて綱渡りするような腕白ものぞろいであった。彼等は、数学はできるまで黒板の前に立たされるので、みんな、代数の本をかかえて、「今日も脚気になるか」などといっては登校した。ふだん、クラスで成績の上のものに対して「なんだ、点とりが」といってからいばりしている彼等も、試験の成績が発表になると、一人で見に行くのはこわかったので、みんな一緒に出かけて行った。するとことごとく六十点代できわどくパスしている。

威勢のいい橋本は漢詩を作った。そのなかに、「何《なん》ぞ憂《うれ》えん、席序下算の便《べん》」とかいてある。なんのことだかわからないのでたずねると、橋本は平然として「席順を上からかぞえないで、下から計算した方が早くわかるという意味だ」と答えるのだった。

むちゃなことをしたのがたたって、そのうち落第するものがでてきた。そのなかには、橋本がいた。親友の中村是公（後の満鉄総裁）もいた。漱石もついにその仲間に入ったが、彼の落第は成績ということより、腹膜炎にかかって、試験を受けることができなかったせいであった。

落第

当時、予備門は予科と本科にわかれていて、予科はさらに三級・二級・一級の三学年にわかれていた。漱石が落第したのは予科二級の時で、そのころ、学校はちょうど予備門と工部大学、外国語学校が合併し、ごたごたしていた。漱石が追試験を受けようとしても、忙しいので教務係の人は少しもとりあってくれなかった。漱石は考えた。これは合併の忙しさのためもあるだろうが、第一に自分に信用がないからだ。信用がなければ、世の中へ出たところでなに一つとできないから、まず人の信用を得なければならない。信用を得るには、どうしても勉強する必要がある。今までのようにうっかりしていてはだめだから、いっそ初めからやりなおそう。そこで、友達に追試験を受けるようにすすめられるのもかまわず、自発的に、再び二級をくりかえすことにした。

漱石は当時をふりかえって、「人間と云ふものは考へ直すと妙なもので真面目《まじめ》になつて勉強すれば、今迄少しも分《わか》らなかつたものも瞭然《はつきり》分る様になる」

「僕の一身にとつてこの落第は非常に薬になつた様に思はれる。若し其の時落第せず、唯誤魔化《ごまか》して許り《ばか》通つて来たら今頃は何《ど》んな者になつて居たか知れないと思ふ」

といっている。ここには漱石のごまかしをゆるさない潔癖な性格がうかがえる。

落第を機会に、新しい覚悟をもって発憤した漱石は、不得意な数学も非常にできるようになった。ある日、親睦会の席上で、誰は何科へ行くかそれぞれ予想をつけて投票したところ、彼は理科へ行くだろう、とされるほどだった。

また、はにかみやで英語などを訳す場合、わかっていながら、それをいうことができないのも、まずくてもどしどしいうようにすると、それまで教室などでいえなかったこともずんずんいえるようになった。

こうして、自分をよくかえりみて、あらためるべきところはあらためていった。いうべきことは堂々といえるようにした。成績は首席をしめた。それはある意味では落第のおかげだったといえる。この経験から、後年、落第した学生に接すると、「なあに、落第の一ぺんぐらいやったほうがいいさ」となぐさめ、はげました。

落第という事態に、かえって発憤し、自己をみごとに、正しくきたえていった漱石の心がまえと努力は、まことにりっぱであるといえよう。

しかし、落第は、昔の威勢をすっかり失っている実家から、学資をもらいづらくしたのも事実であった。そこで、親友の中村是公といっしょに、本所の江東義塾という私塾で教鞭をとり自活して、そこから予備門へ通学した。

二人は北向の、畳の色の赤黒く光った部屋で、互の肩がくっつくほどのきゅうくつな姿勢でした調べをした。私塾の月給は二人共五円だった。二人はそれぞれの月給をいっしょにして、そこから予備門の月謝、食費、湯銭などの心要な金を別にしておいて、残りの金でそばやしるこや寿司を食べまわって歩いた。共同財産がなくなると二人とも外出しなかった。

漱石はこのころから西洋の小説を読んでいた。あるとき、中村はボートレースのチャンピオンになって、学校からいくらかの賞金をもらった。彼は、「おれは書物なんかいらないから、なんでもおまえのすきなものを買ってやるよ」といって、漱石にアーノルドという人の論文と、シェイクスピアの『ハムレット』を買ってくれた。その時漱石は初めて『ハムレット』を読んだが、まだ読みこなすことはできなかった。けれども中村の買ってくれたその本をながく保存した。

私塾の生徒には昼間の二時間教えればよかった。夜は自分の時間で、自由であった。おちついて勉強することができた。苦痛に感ずることもなく、こうして一年ほどすごしているうちに、急性トラホームにかかった。本所は土地が低くて湿気が多いためであった。実父は非常に心配して、「そんなところへむりに勤めることもないだろう」といったので、塾をやめ、自宅へもどって通学した。

この年（明治二十年、漱石二十一歳）の三月には長男の大助が病死している。さらに、六月には次男の栄之助も病死した。三男の直矩は、まえに述べたように道楽者であり、四男の久吉は四歳で死亡した。七十歳をこえた老父にとって、たよりになるのは、かつて自分が厄介《やっかい》者にした漱石ばかりであった。

こういう事情から、漱石を塩原姓から夏目姓にとりかえす復籍の工作が具体的にすすめられ、明治二十一年一月にようやく夏目姓に復帰することができた。そのときに漱石は塩原昌之助にあてて、「このたび、私は塩原の籍を離れることになりましたから、養育料として二百四十円、実父よりお受けとり下さい。私は夏目姓にもどりますが、お互いに不実不人情にならないようにしたいと存じます」という意味のことをかかせられた。このために、後年、漱石は塩原にしつこくつきまとわれることになるのであるが、それは後で述べることにしたい。

文学にこころざす

夏目姓に復籍した年の九月に、漱石は本科英文学一年に進学した。文学をやることに決定するまでには、いろいろ考えもし、迷いもした。二松学舎に通っていたころ、好きな漢籍の本を読んでいるうち、自分もかいてみたいと思ったことはあったが、先にも述べたように、それはしっかりした志望といえるものではなかった。今度はなにを職業とするか将来の方向をはっきりきめなくてはならない。

彼は趣味をもった職業につきたかった。同時にその仕事は、なにか世間に必要なものでなくてはならないと思った。彼は「自分はどうも変わりものである。とても世の中に調子を合わせていくことはできない。自分を曲げずにすむ、趣味のある、世の中に欠くことのできない仕事がどこかにありそうなものだ」と考えた。そういう志望に適するものとして、医者がまずうかんだ。しかし、医者になる気持ちはなかった。その次に建築家はどうだろうか、と思いあたった。建築ならば衣食住の一つで、世の中になくてはならないものであると同時にりっぱな芸術であると思って、それにきめた。

ところが、同級生に米山保三郎《よねやまやすさぶろう》という哲学者めいた友人がいた。彼は漱石に「きみはどういう職業につく

漱石（左）と米山保三郎（右）

つもりだい」とたずねた。漱石が考えを告げると、米山はまっこうから反対した。「日本でどんなに腕をふるったって、セント・ポールズの大寺院（ロンドンのキリスト教の大会堂）のような建築を後世に残すことはできないじゃないか。それよりもまだ文学の方が生命があるよ。やるべきことが大いにある」と忠告した。米山のいうことはとらえどころがなくて漠然としているけれども、衣食の問題など無視している大きなところがある。そこに漱石は敬服し、「そういわれてみると、なるほどなあ」と、すぐに文学をやることに決心した。もちろん建築家を志望したときにも、それはこころのどこかにあったにちがいないが、よい友人のよい忠告が、漱石を文学にふみきらせたのもたしかである。

漱石は漢文科や国文科にすすむ気持ちはなく、英文科を志望学科と定めた。英語、英文に通達して、外国語で、えらい文学上の述作をやって、西洋人を驚かせてやろうという希望をもっていた。もっともそれは「大学へ入学して三年たつうちにだん〳〵あやしくなってきた」といっているが、英文学からいろいろなものを学びとろうとするのが普通であるのに比べて、漱石はそれとはちがった姿勢で、はげしい情熱をもって本科にすすんだのであった。

漱石にすすむべき方向をはっきりと示してくれた米山は、明治三十年になくなった。漱石は友人にあてた手紙に「文科のすぐれた才能の持主である米山を失ったことは痛恨のきわみです。米山のような者はあとにもさきにも、文科大学にあるまいと思われます」という意味のことをかき、その死を悼《いた》み、その才能をおしんでいる。

米山のことを漱石は忘れることはなかったらしい。『吾輩は猫である』（第三章）の苦沙弥《くしゃみ》先生が「空間《くうかん》に生れ、空間を究《きわ》め、空間に死す。空《くう》たり間たり天然居士噫《てんねんこじあゝ》」と墓碑銘を記す場面はこの友人のことをかいているのである。天然居士《てんねんこじ》というのは米山の居士号に他ならない。

正岡子規

米山のほかに、漱石は文学の道を歩むよい道づれであり、こころに思っていることをなんでも話し合えるよい友人をもった。それが正岡子規である。漱石が文章をかいたのも俳句を作ったのも、子規によるところが極めて多大である。

子規は、後に近代の俳句、短歌を革新して今日の大きな流れに発展させた。そればかりでなく、文章の革新にまでのり出そうとしたのだった。しかも、これらの仕事は病床で行なわれたのである。晩年の子規は下半身の自由をすっかりうばわれ、生きているのは上半身だけであったということを思うと、その努力、意志、才能につくづく敬服させられる。

漱石が子規と交際するようになったのは、明治二十二年一月のことで、このときには漱石は、本科英文学

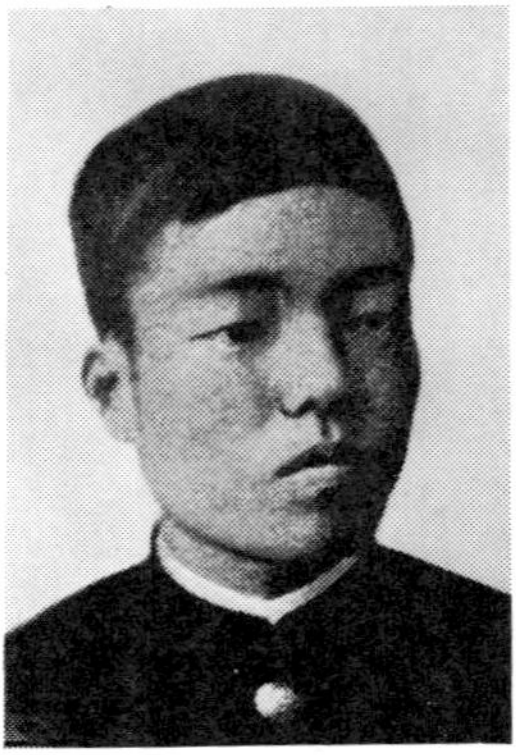

学生時代の正岡子規

一年にすすんでいた。二人は同級生であった。顔は互いに知りあっていたけれども、それまで親しく話しあうようなことはなかった。その二人をむすびつけたのは寄席である。

「二人で寄席の話をした時、先生（子規）大いに寄席通《つう》を以《もつ》て任じて居《い》る。ところが僕も寄席の事を知つてゐたので、話すに足《た》るとでも思つたのであらう。それから大いに近よつて来た」と漱石は回想している。それから、二人はつれだって、よく、日本橋の寄席へ出かけた。

四国の松山に生まれて、上京してきた子規はうえた人のようによい友人を求めていた。漱石と知りあったことは、子規にとっても大きな喜びであった。二人の交友にはなみなみならぬ愛情のこまやかさがあった。

子規は哲学をやりたいと思っていたが、幼いときから詩文に興味をもっていて、しだいに詩歌への愛着が強くなり、このころには、その情熱はもっぱら詩歌や小説にむけられていた。彼は自分がかいた漢詩、和歌、俳句、俳文などを集めた文集に『七草集《ななくさしゅう》』という題をつけて、それを漱石に示した。

漱石は『七草集』を読んで、自分はあくせくして、学課におわれているのに、子規はこうして悠々《ゆうゆう》と風流をあじわっていることをかえりみて、はじいり、その気持ちを九首の七言絶句に記して、礼讃した。

「漱石」という雅号を用いたのは、このときが最初である。もともと「漱石」という語は「枕流《ちんりゅう》」という語をともなって、熟語となるのであって、「負けおしみが強いこと」あるいは「頑固《がんこ》なこと」を意味する。

昔、中国に孫楚《そんそ》という人がいた。しばらく隠居しようと思い、王済《おうさい》という人にむかって、「自分は石を枕とし、流《ながれ》に漱《くちすす》ごうと思う」というべきところを、まちがって「自分は石に漱ぎ、流に枕しようと思う」といってしまった。王済がそのいいそこないをとがめると、孫楚は「いや、流に枕するのは、耳を洗うためで、石に漱ぐのは、歯をみがくためだ」と強引にこじつけとおした、という。その故事によったものである。

旅行の好きな漱石は、夏休みがくると、興津《おきつ》、箱根、房総半島に旅し、その紀行文と漢詩を文集にした『木屑録《もくしょうろく》』をかいた。これは、子規の『七草集』に刺激されたもので、子規に見せるためにかかれたのだった。これを読んだ子規は、「兄《けい》は外国語に長じ、まるで日本語のように話す。自分はかねがね、西洋のことに長じた者は、東洋のことを知らないので、兄も和漢の学を知らないだろうと思っていた。ところが、この詩文を読んで、兄が天才であることがわかった。兄のような人は千万人に一人しかいない。」とほめたたえている。

二人はこころのなかを開いて、安心して語りあうことのできる友であった。

明治二十二年十二月三十一日付で、夏休みで松山に帰省している子規にあてた手紙に、漱石は「今の世の自ら小説家をなのっているものは、少しもオリジナル(独創)の思想がなく、ただ文字の末ばかり研究批評して、自ら大家であると自負していますが、小説にもっともたいせつなのは、思想そのものであると思います。文字の美、章句の法などは、次の次のその次に考えるべき事です。」という意味のことをいっている。次に、子規が思想をやしなう文学でいちばんたいせつな修業をおこたって、朝から晩までかきつづけていることに不満を述べて、読書し思想をやしなうことをすすめている。

子規も勉強家で、本を読まなかったり考えることをせずにいたわけではない。しかし、当時の子規の読書は、主として、当時の文壇的なものに重きをおかれていたので、外国文学のうちにすぐれたものを見出した漱石は、もっと視野を広げて、根本である思想をやしなえと、忠告したのである。

この考えを漱石は自ら実行した。漱石が処女作『吾輩は猫である』を発表したのは、三十九歳のときで、中年まであまりかくことをしていない。作家としての出発は非常におそいといえる。中年以後、あのように数々の名作を生み出すことができたのは、それまでにひたすら読書し、思索を重ねて、思想をたくわえたからであった。なお、このころの漱石は、小説家よりも、学者になろうと考えていたといわれている。

また、明治二十八年三月九日付の手紙では「此頃《このごろ》は何《なん》となく浮世《うきよ》がいやになりどう考え直してもいやでく立ち切れず去《さ》りとて自殺する程《ほど》の勇気もなきは矢張り人間らしき所が幾分かあるせいならんか」とかき、続いて自分自身のこころを思うようにおさめることができない、いらだたしい悩みを子規に訴えている。そういう煩悶《はんもん》を続けているうちに、純粋な青年漱石は、厭世観《えんせい》をいだくようになった。

「私は大学で英文学といふ専門をやりました。其英文学といふものは何んなものかと御尋《おたず》ねになるかも知れませんが、それを三年専攻した私にも何が何だかまあ夢中だつたのです。」

「私は此世に生れた以上何かしなければならん、と云つて何をして好いか少しも見当《けんとう》が付かない。私は丁度《ちょうど》霧の中に閉ぢ込められた孤独の人間のやうに立ち竦んでしまつたのです。さうして何処からか一筋の日光が射して来ないか知らんという希望よりも、此方《こっち》から探照燈《たんしょうとう》（サーチライト）を用ひてたつた一条《ひとすじ》で好いから先迄明らかに見たいといふ気がしました。所が不幸にして何方の方角を眺めてもぼんやりしてゐるのです。」

これは、大正三年に学習院で行なった『私の個人主義』という有名な講演の一節である。ここで漱石は大学時代をふりかえって語っている。

大学時代

そのころ、漱石を教えていたのは、ディクソンという人で、詩や文章を読まされた。試験には、ウォーズウォースは何年に生まれ、何年に死んだか、とか、シェイクスピアの書物の版は何種類あるか、あるいは、スコットのかいた作品を年代順にならべてみよ、といったような問題ばかりでた。漱石は、これではとても文学とはどういうものだかわかりはしないと思った。それで、自力で英文学を理解しようと、図書館に通っては勉強にはげんだが、てがかりも思うように得られなかった。当時は英文学に関した書物も少なかったのである。三年勉強して、英文学の本質がつかめず、いらいらした状態が続くうちに卒業のときがきてしまった。

しかし、この間に英文学にほとんど自力でとりくんだことによって、後の基礎がつちかわれたのであって、めざましい進歩をとげていたのである。

英語がよくできた漱石は、二年生のとき(入学したのは明治二十三年九月)、英文科の主任教授ディクソンからたのまれて、鎌倉時代に鴨長明《かものちょうめい》がかいた『方丈記』の英訳やその解説をかいている。また、その他にも『老子の哲学』や教育学の論文として『中学改良策』もかいた。それらはりっぱな論文であった。

二年生の末には、自分が編集委員をやっている『哲学雑誌』に、『文壇に於ける平等主義の代表者ウォルト・ホイットマンの詩について』という英文学関係では初めての論文を発表した。ホイットマンはアメリカの近代詩人で、自然の人間を自由に平等に愛した人である。漱石はそういうホイットマンの詩が好きだった。

さらに、明治二十六年一月、大学の文学談話会で、『英国詩人の天地山川に対する観念』という題で講演し、あとで、それを『哲学雑誌』に連載した。これは大学時代最後の論文で、ポープからウォーズウォースまでの英国詩人の自然観念を考察したもので、なかでも、バーンズとウォーズウォースの二人の詩人を比較し、深く追求の眼を向けている。

バーンズは「情」の詩人で、不平の情や、いたましいさまをうたったのに対して、ウォーズウォースは「知」の詩人で、こころのなかで起こった愉快な気持ちを、天地のすぐれてうるわしいさまと結合してうたったことを述べ、さらに、ウォーズウォースは、天地が万物を生成する働きと、知らず知らずのうちに合一して、自他みな同一の万物生成の根源からきていると信じている、と述べている。漱石には、このウォーズウォースの自然観が影響するところがあった。

親友の子規は教室で文学を勉強する気持ちはなかった。漱石は熱心に二年間がまんして在学するようにすすめたが、明治二十五年に落第して、退学した。子規の胸中には俳句分類の大きな仕事の計画が、すでに芽生えていた。

子規が松山に帰省することになったので、二十五年七月、いっしょに京都や堺を旅行した。漱石はさらに、次兄栄之助の妻を訪ねるため岡山に行き、そこで大洪水にみまわれた。

それから海をわたって、四国の松山にいる子規を訪ねた。そのときに子規の高弟、高浜虚子は初めて漱石に会った。当時、まだ中学生であった虚子の眼には、二人の大学生は大人びた文学者として写った。虚子はそのときの漱石の様子を次のように伝えている。

「何事も放胆《ほうたん》的であるやうに見えた子規居士とは反対に、極めてつゝましやかに紳士的な態度をとつてゐた漱石氏の模様が、昨日の出来事の如くはつきりと眼に残つてゐる。漱石氏は洋服の膝《ひざ》を正しく折つて静坐して、松山鮓《まつやまずし》の皿を取上《とりあ》げて一粒もこぼさぬやうに行儀《ぎょうぎ》正しくそれを食べるのであつた」

その秋、子規は母や妹をともなって一家をあげて東京へひっこし、ひたすら文学の道を歩むこととなった。

漱石は、明治二十六年七月、帝国大学を卒業した。入学したときすぐに文部省の貸費生《たいひせい》となり、かたわら東京専門学校（今の早稲田大学の前身）の講師をつとめたので、学資にあまり苦労せずにすんだ。卒業すると文学士の称号が与えられる。今日では大学はたくさんでき、学士などめずらしくもないが、明治の中ごろまでは大学も少なく、卒業すると「学士さま」とよばれ、尊敬された。

しかし、まえに引用した漱石自身の回想を読んでもわかるように、内心みたされぬ不安があった。特に自分の文学への理解に深い懐疑をもっていた。

その漱石も、当時の文壇にめざましい活躍を見せている尾崎紅葉に対して、「なあに、おれだってあれ位のものはすぐかけるよ」というくらいの意気ごみをもっていた。

世の中へ

高等師範

漱石は、英文学では二番目の学士として卒業し、さらに大学院に入学した。まえに述べたような文学への煩悶《はんもん》、不安にさいなまれていた彼も、大学を出て、なんの職にもつかずにいるわけにいかない。彼の悩みを世間の人々が理解してくれるわけのものでもない。苦しい気持ちをいだきながら、社会へ出て、教職につくことになった。

卒業した時の成績が優秀であったし、世間に人物が少なく、今のような就職運動の心配もいらないころだったので、いろいろ就職の口があった。

最初に、学習院にいた知人が、そこの先生にならないか、といってきてくれた。当時の学習院は、皇族や貴族の子弟でなければ入学することができない特殊な学園で、先生もモーニングを着て講義していたので、漱石もモーニングを新調した。ところが、アメリカ帰りの人が先に採用されてしまった。

しかしすぐあとに、第一高等学校（今の東大教養学部の前身）と、高等師範学校（今の教育大学の前身）の両方から同時に申し込んできた。二つの学校をかけもちで勤める気持ちはなかったが、うっかりして、どちらにもなかば承知したような返事をしてしまったので、先輩の高等学校の教授から、「こっちへくるようなことをいいながら、他にも相談をされちゃ、きみ、間に立った私が困るよ」といわれて、よわってしまった。それで、責任感の強い彼は、両方ともことわることにしたところ、双方の校長先生が話しあってくれて、結局、高等師範の先生になることにきまった。

高等師範の校長先生は、講道館創設者として有名な嘉納治五郎という柔道の大家であった。

嘉納校長は、漱石に注文した。

「高等師範は、学校の先生になる人を教育するところだから、教師の責任は重いのだ。夏目君も教育者として、生徒の模範になるようにやってくれたまえ」

正直な漱石が、

「私はいたらない者ですから、とてもそういう注文どうりにはいたしかねます。おことわりします」

というと、さすが、柔道の大家でりっぱな人格者の嘉納は、このことわり方が気にいって、

「いや、そう正直にことわられると、私はますますあなたにきていただきたくなった」

と、はなさなかった。このときのことは『坊っちゃん』の素材の一つとなっている。

こうして、漱石はそこの先生となり、年俸四百五十円をもらった。当時、米一升が十銭ぐらいだったから、これは高給である。

しかしながら、教職は彼にはどうも適さないように思われた。そのころを回想して、

「然《しか》し教育者として偉くなり得るやうな資格は私に最初から欠《か》けてゐたのですから、私はどうも窮屈で恐《おそ》

れ入りました。嘉納さんも貴方《あなた》はあまり正直過ぎて困ると云つた位ですから、或はもつと横着《おうちやく》を極めてゐても宜《よ》かつたのかも知れません。然し何《ど》うあつても私には不向《ふむき》な所だとしか思はれませんでした。奥底のない打ち明けた御話をすると、当時の私はまあ肴屋《さかなや》が菓子屋《かしや》へ手伝《てつだ》ひに行つたやうなものでした。」と述べているように、そこはいごこちのよいところではなかった。

その一方、文学の実体、本質をなかなかつかまえられないで、この先自分はどうなるのだろうと思い、憂鬱《ゆううつ》な気持ちにとらわれていた。

そのうち、感冒をこじらせて、のどから細い絹糸のような血のまざった痰《たん》が出た。医者にみてもらうと、肺結核の初期だと診断された。同じ病気で長兄も次兄もたおれている。自分もいつかはこの病気にかかるだろう、と予期してはいたが、このことは彼をいっそう暗い気持ちにさせた。

病気のためたいせつな勉強もすすめられず、いくら、病気だからしかたがないんだ、と自分にいいきかせても、やはりもどかしい残念な気持ちに変わりはなかった。しかし、弓を引いたりして身心をいたわり、よく療養につとめた。

さいわい、その甲斐があって、まもなく、全快することができた。

煩悶

漱石が結核にかかった年（明治二十七年）の七月には、日清戦争がはじまり、世の中はさわがしかった。戦からたびにもたらされる勝利の報に、国民は喜びわきたった。しかし、漱石の心は落ちつかなかった。

子規への手紙に

「ぼくの漂泊はこの三四年以来、にえたった脳の粘液を冷して、わずかの勉強心をふるいおこすためにのみしているのだ。風流を楽しむような余裕などは全然ない。でき得るならば、いたるところに不平のかたまりを分配して、なしくずしに心の落ちつかないのを慰めたいと思っているのだが、その甲斐なく、理性と感情の戦争はますます激しく、ちょうど空につるし上げられた人間のようで、天上に登るか、地獄に沈むか、運命の定まるまでは、天命を知って心をやすらかにすることはとうていおぼつかない。」

という意味のことをかき、訴えている。この手紙にあるように、夏休みになると、心の落ちつきを求めて、東京を離れて方々へ旅行した。その年の夏には、東北方面に旅している。

それでも、こころはなごやかにならず、十月には、今の文京区にある伝通院《でんつういん》（徳川家康の母堂がまつられている）のわきの法蔵院《ほうぞういん》という尼寺に下宿した。そこの和尚さんは占いを内職にしていた。あるときなにかのついでに、話題が人相や方位のことに移ったので、「冗談半分に」運勢を見てもらった。その様子が『思ひ出す事など』に記されている。

「冗談半分私の未来は何うでせうと聞いて見たら、和尚は眼を据《す》えて余の顔を凝と眺めた後《あと》で、大して悪い事もありませんなと答へた、大して悪い事もないと云ふのは、大して好い事もないと云つたも同然で、即ち御前の運命は平凡だと宣告した様なものである。余は仕方がないから黙つてゐた。すると和尚が、貴方《あなた》は西へ西へ行く相があると云つた。余は又左様《そう》ですかと答へた。最後に和尚は、早く顎《あご》の下へ髯《ひげ》を生やして、地面を買つて居宅《うち》を御建てなさいと勧めた。」

髯と家宅とどういう関係があるのかいぶかしく思って、それを聞くと、和尚は「あなたの顔を半分に割ると上の方が長くつて、下の方が短かすぎる。したがつて、落ちつかない。だから、早く顋髯をはやして、上下のつりあいをとるようにすれば、顔のいすわりがよくなつて、動かなくなります」と、真面目な顔をして答えた。

自ら、「冗談半分」に見てもらったといっているように、漱石は理性の強い人であったので、占いを信じるようなことはなかった。しかし、激しいこころの悶えは、そういう漱石に神秘的なものにふれようとする気持ちを起こさせたのだった。

漱石は、後に松山に行き熊本に移り、さらにロンドンにむかった。西へ西へと行ったことになる。また、両親の死に目にあえなかった。顋髯をはやさず、家屋敷も所有しなかった。その点だけは、どうやら和尚の占いはあたったことになる。

参禅　「山門を入《はい》ると左右には大きな杉があつて、高く空を遮《さえぎ》つてゐるために、路が急に暗くなつた。其陰気な空気に触れた時、宗助は世の中と寺の中との区別を急に覚《さと》つた。静かな境内《けいだい》の入口に立つた彼は、始めて風邪を意識する場合に似た一種の悪寒《さむけ》を催した。」

これは作品『門』の主人公宗助が、救いとこころの解決を求めて、禅寺の山門をくぐる場面である。

二十八歳の漱石は、強いこころの悶《もだ》えから、禅によってさとりを得ようとまで思うようになった。そして、冬休みに友人の菅虎雄《すがとらお》の紹介状をもって、鎌倉円覚寺の帰源院《きげんいん》に釈宗活《しゃくそうかつ》を訪ね、その人の世話で、すぐれた禅僧として知られていた釈宗演《しゃくそうえん》のもとで禅の修業をすることになった。その体験は『門』のなかに詳しくかかれている。(宗活は『門』の宜道にあたり、宗演は同じく老師にあたる)『門』の宗助は過去に罪を犯した人物で、漱石の気持ちと同じではないが、なにかに追われるような不安な気持ちで山門をくぐる状態は、はっきりとそこに読みとることができる。

宗教には、神や仏にすがって救われようとする「他力《たりき》」と、もっぱら自分自身の修業をつむことによって、さとりを開き、こころの平安を得ようとする「自力《じりき》」とがあるが、禅は「自力」の方である。理性的な性格で負けず嫌いな漱石には、「自力」の禅の方が性質にあったのであろう。

釈宗演は漱石に「父母未生以前本来《ふぼみしょういぜんほんらい》の面目《めんもく》は何《なん》だか、それを一つ考えて見たらよかろう」と問題を与えた。これは、両親の生まれる以前、自己というものが全く存在しない絶対無差別の世界で、人間がそなえもつ本性はなにかということを考えてみなさい、という意味である。漱石はけんめいに考えて、その結果を告げると、宗演は「もっと、ぎろりとしたところをもってこなければだめだ。そのくらいなことは少し学問をした者なら誰でも言える。」といった。

「自分は門を開《あ》けて貰ひに来た。けれども門番は扉の向側《むこうがわ》にゐて、敲《たた》いても遂《つい》に顔さへ出して呉《く》れなかつた。たゞ、「敲いても駄目《だめ》だ。独《ひと》りで開けて入《はい》れ」と云ふ声が聞えた丈《だけ》であつた。彼は何うしたら此門の門《かんのき》を開ける事が出来るかを考へた。さうして其手段と方法を明らかに頭の中で拵《こしら》えた。けれども夫《それ》を実地に開ける力は、少しも養成する事が出来なかつた。」

宗助が門をあけられなかったように、漱石も二週間たらずの参禅で、さとりは得られなかった。しかし、この経験は『門』によく生かされ、再現されている。参禅の印象はかなり強く、『夢十夜』(十の夢を思い出した形式でかかれている作品)の第二夜にもうかがうことができる。

このころ、「ジャパン・メール」という横浜にあった新聞の記者を志願し、英文で日本の禅を論じた文章をそこの試験のために提出したが、だまってつきかえされた。理由も説明しない先方の態度を礼儀を欠いていると怒った漱石は、その原稿を破ってすててしまった。それで、その内容はわからないが、この当時の禅への関心が深いものであったことはたしかである。この事件は、漱石に不愉快さを残しただけだった。

松山

明治二十八年四月、漱石は四国の松山中学校に、菅虎雄《すがとらお》の口ぞえで、赴任することになった。そして明治三十九年にはこの松山を舞台にして、『坊っちゃん』がかかれた。坊っちゃんの一途な正義感や潔癖《けっぺき》さは漱石の一面であり、松山で教鞭をとったのも事実であるところから、漱石が松山でくらした一年間を、そのまま小説にしたように思う人もあるだろうが、それは大きなまちがいである。十一年の時をへだてて、漱石が思い出したことのいくらかが素材になってはいるだろうが、すべて漱石の体験ではない。そういう点からいうと、『坊っちゃん』に登場する赤シャツは文学士であるが、当時、松山中学校の職員で文学士の称号をもっていたのは、漱石一人なのだから、赤シャツは漱石である、という妙なことになる。もちろん、それがいかにそぐわないかはいうまでもない。

また、『坊っちゃん』にかかれているのとは違って、漱石は生徒からも、同僚の先生からも尊敬され、町の人には「今度きた英語の先生はえらい人だ」とうやまわれていた。生徒もおとなしく授業を受けたらしい。そのなかには、のちに俳人として有名な松根東洋城《まつねとうようじょう》や、漱石の主治医となった真鍋嘉一郎《まなべかいちろう》がいた。漱石の授業は、アーヴィングの『スケッチブック』をことばの配列の末まで細かに講義し、一時間に三行か四行しかすすまないこともあるといったふうで、わかりやすく、熱心で、正確で、話しぶりはことばのあやに富んでいたそうである。生徒の一人であった真鍋は、「私にはこの根本的な語学研究法が、後々まで永く感化を残して、いくら役にたつたか知れない」といっている。

ところで、当時は尊敬される学士の称号をもち、高等師範で教鞭をとっていた漱石が、なぜ東京を離れて、四国の松山へ赴任したのか不審に思う人もあるにちがいない。漱石は文学や人生の悩みから解放された場所へぬけ出たかったのである。（漱石は「何もかも捨てる気」で行ったといっている。）

「校長は時計を出して見て、追々《おいおい》ゆるりと話すつもりだがまず大体の事を呑み込んで置いて貰おうといつて、それから教育の精神について長いお談義を聞かした。おれは無論いい加減に聞いていたが、途中からこれは飛んだ所へ来たと思つた。校長のいう様にはとても出来ない。」

「旅費は足りなくつても嘘をつくよりましだと思つて、到底あなたのおつしやる通りにや、出来ません、この辞令は返しますといつたら、校長は狸のような眼をぱちつかせておれの顔を見ていた。やがて、今のはたゞ希望である、あなたが希望通り出来ないのはよく知つているから心配しなくつてもいいと言いながら笑つた。そのくらいよく知つてるなら始めからおどかさなければいいのに。」

これは『坊っちゃん』のなかの、坊っちゃんが教師として松山の中学校に着任した場面の一節である。ここには、漱石が高等師範につとめるときの嘉納校長の話がつかわれている。

また、高等師範では教育者として、窮屈でたまらなく思うこともがまんしなければならなかった。さらに、松山は親友子規の故郷であるという親しみもあった。月給は八十円で、校長より高額であったから、これは異例の待遇である。それも田舎で生活するのだから、あり余るので、英国に留学する費用としてためておいて、その間にじっくり英文学にとり組み、英文学の本質をつかもうという気持ちもあったろう。

句作

漱石は、赴任早々は城戸屋旅館にいたが、それから城山中腹の愛松亭に移り、さらに上野《うえの》という人の離れにおちついた。

これという友人もなく、異郷にあって、こころぼそい、退屈な日が続いた。そういう彼にとって読書は、なによりもなぐさめであった。学校の図書室から陶淵明《とうえんめい》（中国の詩人）の詩集を借りた。教頭の先生は、英語の先生が漢詩に興味をもっている、とおどろいた。漱石が漢籍が好きで、その勉強も身につけていることを知っている人は周囲にいない。まして、こころの悩みや将来の抱負などを率直に語り合える人は、得られなかった。東京の友達がしきりになつかしく思い出された。

そのなかでも、とりわけ、子規にあいたいと思った。子規は日清戦争に従軍記者として、一月ばかり出かけていたが、戦争も見ずに、内地へ帰る船の中で喀血《かっけつ》し、しばらく、神戸の県立病院へ入院していた。

その子規が八月末にやってきて、漱石のいる上野方の階下へころがりこんだ。そのとき、子規は貧乏な状態にあったらしい。

大喜びで親友をむかえた漱石は、月給をもらってくると、そのうちのいくらかを「おい、こづかいをやろう」と渡すと、子規は少しもこだわらずそれを受けとったばかりでなく、「俺は病人だから精《せい》をつけなけりゃ」といっていろいろごちそうをとりよせては食った。もちろん、漱石がその勘定を引き受けた。二人の間には、なんの遠慮も無用であった。

子規のところへは、その新俳句にひかれていた柳原極堂《やなぎはらきょくどう》、伴狸伴《ばんりはん》などの松山の門下生たちがぞくぞく集まってきて、熱心な句会が始まった。なかには、朝から弁当持参でつめかける人もあった。

初めのうちは、うるさくて勉強もできやしない、とこぼしていた漱石も、ついにその仲間の一人となった。漱石の俳句は、このときが最初ではなく、子規の影響で、六年前の二十三歳ころからぽつぽつ作っていたが、本腰を入れたものではなかった。しかし、今や家の中に俳句の家庭教師をおいたようなものであった。子規は客観を重んじ、写生の句を作るように説いた。漱石は客観性や写生の必要性をよく知っていたし、その努力もしたが、俳句を通して、いいたいことを自由に表現したい気持ちが強かった。このとき子規に、俳句を学び句作したことは、期せずして、彼のなかにくすぶっていた表現したい本能をあおり、かきたてた。それはまた、将来の創作への芽生えに役立つことになった。

こうして、漱石に俳句熱を吹きこんだ子規も、十月半ばに松山を去り、帰京した。

別れの感慨をこめて、

御立ちやるか御立ちやれ新酒菊の花
見つつ往《ゆ》け旅に病むとも秋の富士

松山中学校卒業式記念の漱石（明治29年３月）

などの句をよんだ。病む友は去り、異境にひとり残るさびしさがただよっている。

熊本

松山で孤独な生活を送り、東京へ帰りたい気持ちがつのっている漱石に縁談がもちこまれ、そのために上京したのは明治二十八年十二月のことであった。相手の女性は、当時、貴族院書記官長をしていた中根重一の長女、鏡子である。中根重一はなかなか読書家で、学者ふうの一面もある人だったので、英文科を出た文学士にも理解があった。

見合いの場所は、日比谷公園裏の貴族院書記官長の官舎であった。

兄たちは漱石が見合いから帰ると、さっそくたずねた。

「うまくいったかい。鏡子さんは気にいったかね。」

すると、漱石は

「歯ならびがわるくて器量もよくない。それをかくそうともせず、平気でいるんだよ。そこが大変気にいった。」

と答えたので、兄たちは

「妙《みょう》なところが気にいるんだね。だから、金ちゃんは変り者だよ。」

といって、笑った。

中根の家では、翌年の正月に新年会を開いた。漱石も遊びに行き、一緒にかるたをとったり、福引をしたりして遊んだ。彼はかるたが下手《へた》だった。みなが帰った後で、鏡子の父は、

「今ごろの若い者は遊ぶことばかり上手で、なんにも役にたたない。夏目君は不器用だが、むしろあの方が学者としては望ましい。」

と、しきりにほめた。

縁談は無事にすすめられ、いずれ漱石が東京へ移り、収入もよくなったら、結婚式をすることになった。ところが、東京へ帰る希望は実現せずに、菅虎雄《すがとらお》のすすめで、熊本の第五高等学校（現代の熊本大学の前身）の教授となることになった。月給は百円に上がったので、その点は結婚の準備がすすんだことになる。

結婚式は、明治二十九年六月に、熊本市内光琳寺町の新居で行なわれた。それは極めて簡単なものだった。東京で式をあげることになっていたので、仲人《なこうど》もいないし、三三九度もふちの欠けた盃でするという具合で、費用も当時の金で七円五十銭しかかからなかった。

結婚するとすぐ漱石は

「おれは学者で勉強しなければならないから、おまえばかりかまっていられない。それは承知しておいてもらいたい。」

と、宣言した。そうはいうものの、よく妻を愛して、俳句を教えようとしたり、習字をすすめたり、新妻が病気になるとよく看病したりしている。

漱石の全俳句のうち、大部分は熊本にいる四、五年のうちに作られた。彼はそれを子規に送り、添削《てんさく》してもらった。こうして、自分の考えていること、いいたいことを表現したい欲求を俳句でまぎらしていた。古今の俳書にも接し、自分の本には、「漾虚碧堂《ようきょへきどう》」（春の川水がゆったりと青く澄んで流れているような家、という意味）の印を作っておした。

教室で英語を教えるときの漱石は、厳格だった。なるべくやさしいものをたくさん読ませる方針であったが、生徒が予習をしてこないと、きびしくやりこめた。他の先生がおくれて教室へ来たときには、すでに皆などどこかへ逃げ出している生徒も、漱石の時間には必ず出席した。その反面親切で、生徒にたのまれればすすんで、毎朝始業前の七時から、課外講義としてシェィクスピアを教えてやったり、俳句の話をしたり、生徒の学資まで心配し、なかには家に置いて世話してやる者もあるというふうだったから、人望が高く、当時の学生で後にはすぐれた科学者、文学者となった寺田寅彦のように、「物置でもいいから書生として家においで下さい。」とたのむ者まで出てきた。

漱石は旅行が好きだったので、熊本時代にもたびたび出かけている。その旅での印象を俳句によむばかりでなく、後の小説の題材も得ている。

三十年の春には、久留米に行き、親友の菅虎雄を見舞い、近くの高良山《こうら》にのぼり、

菜の花の遙《はる》かに黄なり筑後川《ちくごがわ》

という句を作っているが、この旅も、その年の暮から翌年の正月にかけて小天温泉《おあまおんせん》に出かけた旅も、後の小説『草枕』の舞台、題材となった。

また、三十二年の九月には、阿蘇山《あそざん》にのぼった。印象をよんで、

灰に濡《ぬ》れて立つや薄《すすき》と萩《はぎ》のなか

の句がある。それと同時に、この旅で『二百十日』の題材を得ている。

熊本時代に漱石は、一度だけ上京した。明治三十年、父直克が八十四歳で亡くなったためである。その折、樋口一葉《ひぐちいちよう》の『たけくらべ』、芸妓の心中事件をとりあげて不幸な女性の心情を精細に描いた広津柳浪《ひろつりゆうろう》の『今戸心中』を読んで感心した。尾崎紅葉《おざきこうよう》の『金色夜叉』も注意して、それが連載されている読売新聞をわざわざ東京から送らせて読んだが、こちらの方は感心していない。このように、専門の英文学ばかりでなく、日本の文壇の動きにも、注意をはらっていた。

英文学の勉強は、怠りなくすすめられていた。ウォッツ・ダントンの『エールキン』がイギリスで出版されてから一年たたないうちに、その本のイギリス本土においての評価を調べ、自分で批評をかいたり、イギリスの十八世紀の小説家、スターンを研究し、その作品『トリストラム・シャンデー』を論じたりしている。けれども、自分はほんとうに英文学を理解し得るのだろうか、という疑問は、常に心から離れることはなかった。

漱石は文学にひたすら没頭して暮したかった。それが無理なら、きゅうくつな教職をやめて、なにかほかの職をさがして、その余暇に、自由に文学の勉強をすすめたかった。しかし、収入を得るためにやはり、熊本の生活を続けねばならなかった。

イギリス留学

「航海は無事に此処《ここ》まで参候へども下痢《げり》と船酔にて大閉口《だいへいこう》に候。昨今は大に元気恢復、唐人と洋食と西洋の風呂と西洋の便所にて窮窟千万《きゅうくつせんばん》一向面白からず、早く茶漬と蕎麦《そば》が食度《たべたく》候。」

これは、香港《ホンコン》から高浜虚子にあてた書簡である。ここで漱石は、日本と違った環境や習慣からくる不愉快さを、早くも訴えている。後に述べるように、留学は、『文学論』の収穫をもたらしたが、それと同時に、彼はさまざまな苦痛に耐えねばならなかった。留学は苦渋にみちたものであった。しかし、彼は文学に対する自己の立場を決定して、自信をもって帰国することができた。

留学生漱石

イギリス留学の文部省命令がとどいたのは、明治三十三年五月、第五高等学校の教授をしているときのことである。文学の本質を自分は理解できるだろうか、と疑問をいだいていた漱石は、

「私よりも適当な人がきっといると思います。その人が留学した方がいいと思います。」

というと、校長や教頭は

「いや、あなたに異議があれば別だが、そうでなければ、辞令のとうり出かけるがよいでしょう。」

と答えた。

その辞令には「英語研究ノ為、満二年間英国へ留学ヲ命ズ」とある。漱石が勉強したいのは、「英語研究」ではなくて、英文学であったから、その点を文部省専門学務局長の上田万年《うえだかずとし》（円地文子の父）にただしたところ、留学の目的は幅ひろく解釈していい、という。辞退すべき理由もないので、出かけることにした。

同じ年の九月八日、漱石は横浜からドイツ汽船プロセイン号で日本をたった。別れの気持ちを

秋風のひとりを吹くや海の上

とよんだ。

まえに引用した書簡を見てもわかるように、航海中、不愉快な思いをしなければならなかった。西洋風の生活様式に慣れていないことばかりでなく、それは彼の趣味にあわないのだった。また、船に弱いので、デッキに立っていることなどできないという具合で、胃を悪くして、下痢に悩まされた。

それでも、シンガポールを過ぎるころには、馴れてきて、風景を楽しむ余裕もできて、十月二十八日の晩、無事にロンドンに着いた。

到着後間もなく、ロンドン塔を見に行った。この時の印象は後に『倫敦塔《ロンドンとう》』にかかれたが、そのなかで、

「その頃は方角もよく分《わか》らんし、地理などは固《もと》より知らん。まるで御殿場《ごてんば》の兎が急に日本橋へ抛《ほう》り出されたやうな心持であつた。表へ出れば人の波にさらわれるかと思ひ、家に帰れば汽車が自分の部屋に衝突しはせぬかと疑ひ、朝夕安き心はなかつた。」
といっている。異国にあって方角もわからない心細さから、神経を張りつめている様子がわかる。

目的地に着いたら、今度は学ぶべき大学をきめなくてはならない。名門として聞こえの高いのは、オックスフォードとケンブリッジである。どちらにしようかと迷っていると、ケンブリッジにいる知人に招かれたので、見物かたがた出かけてみた。そこで二、三人の日本人に会ったので様子を聞いてみると、彼らはジェントルマンとして待遇されるために、年々数万円を必要としているという。漱石が政府から受ける学費は年に千八百円だった。これでは到底まかないきれない。なんとかやりくりしてしのぐとしても、目的の一つである書籍は、帰るまでに一冊も買うことができない。三度の食事を二度に減らしてみたところで、自分よりも年下の英国紳士について、その一挙一動を学ぶことは、骨格のできあがったおとなが、急に角兵衛獅子の巧妙な技術を学ぼうとあせるようなもので、とうてい不可能である。オックスフォードもケンブリッジと同じにちがいない。そこで、語学を稽古《けいこ》するのに最も適しているロンドンにおちつくことにきめた。

漱石は幾度か下宿を変えているが、三十四年二月九日、菅虎雄を含む四人の友だちにあてた手紙に、
「下宿といへば僕の下宿は随分まづい下宿だよ。三階でね、窓に隙があつて戸から風が這入つて顔を洗フ台がペンキ塗の如何《いかが》はしいので夫《それ》に御《お》玩弄《もちゃ》箱《ばこ》の様な本箱と横一尺竪二尺位な半まな机がある。夜抔《など》は君スト

ーブを焼《た》くとドラフトが起つて戸や障子のスキからピユー〱風が這入る。室を煖めて居るのだか冷して居るのだか分らないね。夫から風の吹く日には烟突《えんとつ》から「ストーブ」の烟を逆戻しに吹き下して室内は引き窓なしの台所然として居る、何《な》に元の書生時代を考へれば何の事はないと瘠我慢《やせがまん》はして居るが、色々な官員や会社の役人や金持が来てね、くだらない金を使ふのを見るといやになるよ。日本へ帰れば彼等のある者とは同等の生活が出来る外国へ同じ官命で来て留学生と彼等の間にはかゝる差違が何故あるかと思ふと帰り度《たく》なるね。然しこんな愚癡《ぐち》は野暮《やぼ》の至りだから黙つて居るが、何しろ彼等の或物が日本の利益にも何にもならない処に入らぬ金を茶々風茶に使ふのは惜いよ。」

とかいて、下宿が粗末なのはまだしも、外国へ官命という点では同じに来たのに、自分が生活をきりつめて一生けんめい勉強しているのと比較して、彼等はくだらないことに金を使っている、それを見ると腹がたつ、役人と留学生とではどうしてこんなにちがうのだろう、と訴えている。

ロンドン大学の授業からは、予期しただけの興味も知識も得られなかった。ケア教授の講義は二か月ばかり聞いたが、それもやめて、クレイグ先生の個人教授を受けることになった。この先生のことは『永日小品』中の『クレイグ先生』におもしろくかかれている。

クレイグ先生は、漱石が初めて会って授業料をきめる時、「一回七シリングじゃどうだろう。多すぎればもっとまけてもいいが……」というかと思うと、月末に払うことにしているのに、「君、少し金がいるから、払ってくれんか」と、ふいにさいそくし、つりもよこさなかったり、また、窓から首をだして、下界をいそがしそうに通る人を見下して、あのなかで詩のわかるものは百人に一人もいやしない、だいたい、イギリス人は詩のわからない国民だ、実際詩を味わうことのできる君だの僕だのは幸福といわなければならない、などというような風変わりな学者であった。シェイクスピアを研究していて、その方面の権威であるダウデンの著書にも、特別にシェイクスピアを研究する人として紹介されていた。

漱石はクレイグ先生のところへだけは熱心に通ったらしい。「あのハムレットのノート程周到にして要領を得たものは恐らくあるまいと思ふ」と、敬服している。

『文学論』の企画

漱石が漢文学の素養を十分つんでいたことはまえに述べた。自ら文学とはこのようなあじわいをもつものだ、と思うほどだった。ところが、その漢文学と同じぐらいの学力をもっている英文学には、いつも強い不安を感じていた。そこで、ロンドン生活を機会に、根本的に文学とはどういうものなのか、という問題を解決しようと決心した。

これが、『文学論』をかく出発点となったのであるが、その発火点とでもいうべき役割をしたのは、下宿で一緒になった池田《いけだ》菊苗《きくなえ》であった。

池田は、漱石より二、三年先輩で、化学を専攻していた。非常に頭のよい人で、後に「味の素」を発明したのも彼である。池田は科学者であると同時に、哲学にも深い理解をもっていた。それには、漱石も驚いた。議論をしてやられることもしばしばあった。

そのころ漱石は、だんだん文学にいや気がさしてきて、「西洋の詩などのあるもの」を読んでも感じることがないというふうであったから、池田との出会は、大変刺激になった。『処女作追懐談』のなかで、

「倫敦で池田君に逢つたのは、自分には大変な利益であつた。御蔭で幽霊の様な文学をやめて、もつと組織だつたどつしりした研究をやらうと思ひ始めた。」

と、いっている。こうして、新しく探求が開始された。その様子は、明治四十年五月に出版された『文学論』の長い序文に明らかである。

「余は下宿に立て籠《こも》りたり。一切の文学書を行李の底に収《おさ》めたり。文学書を読んで文学の如何なるものなるかを知らんとするは血を以て血を洗ふが如き手段たるを信じたればなり。余は心理的に文学は如何なる必要あつて、此世に生れ、発達し、頽廃《たいはい》するかを極めんと誓へり。余は社会的に文学は如何なる必要あつて、存在し、隆興し、衰滅するかを究《きわ》めんと誓へり。」

漱石は、「一切の文学書」をしまって、文学はなんのために発生し、発達し、衰えるのかを極めようと誓った、といっている。文学の本質を科学的に追求し、見きわめようとしたのである。この科学的な立場にたつことこそ、池田から学んだものであった。

『文学論』の序文には、その勉強、いきごみのすさまじさがうかがえる。漱石は、これ以上きりつめられないまでに生活費を制限し、残りの費用を書籍代にあてて、むさぼり読んだ。読んだところには、傍注をつけ、必要なところにぶつかるごとに、「蠅頭の細字」でノートをとった。それは五、六寸の高さになった。

この努力の結果は、後に『文学論』にまとめられた。しかし、過労と、ロンドンの苦渋で孤独な生活は、彼をノイローゼにしてしまった。

ノイローゼ

ここに、漱石がノイローゼにかかった原因のいくつかを具体的にあげてみよう。これらが一つ一つ単独に漱石をおそったのではなく、複雑にいりくんで、彼をさいなんだのである。まずあげられるのは、先にもふれた金銭の苦労である。自伝的小説『道草』には、留学時代の生活が次のように描かれている。

「ある時の彼は表へ出た帰り掛《かけ》に途中で買つたサンドヰッチを食ひながら、広い公園の中を目的《めあて》もなく歩いた。斜めに吹きかける雨を片々《かたかた》の手に持つた傘で防《よ》けつゝ、片々の手で薄く切つた肉と麵麭《パン》を何度にも頰張るのが非常に苦しかつた。彼はいくたび其処にあるベンチへ腰を卸《おろ》さうとしては躊躇《ちゆうちよ》した。ベンチは雨のために悉く濡《ぬ》れてゐたのである。

ある時の彼は町で買つて来たビスケットの罐《かん》を午《ひる》になると開いた。さうして湯も水も呑まずに、硬くて脆《もろ》いものをぼり〳〵嚙み摧《くだ》いては、生唾《なまつばき》の力で無理に嚥み下《くだ》した。

ある時の彼はまた馭者《ぎよしや》や労働者と一処に如何《いかが》はしい一膳飯屋《いちぜんめしや》で形《かた》ばかりの食事を済ました。(中略)それは皆な何時《いつ》湯に入つたか分らない顔であつた。」

これでは、たいがいの者はまいってしまう。

漱石は自ら、ロンドンで暮した二年間は、最も不愉快な二年間であった、もう、イギリスの地に一歩も足を踏み入れようとは思わない、とまでいっている。漱石よりも七年後に、アメリカを経てフランスに渡った永井荷風が、「現実に見たフランスは見ざる時のフランスよりも更に美しく優《やさ》しかつた」と感慨を述べているのとは、全く逆である。漱石と荷風とではさまざまな異なった点があるが、金銭の不自由がなかったら、もう少しは漱石も、イギリスに親しむこともできたであろう。また、寺田寅彦にあてた書簡で、

「僕の趣味は頗る東洋的発句的だから倫敦抔はむかない支那へでも洋行してフカの鰭か何かをどうも乙《おつ》だ抔と言ひながら賞翫して見度い」

といっているように、「東洋的発句的」趣味が非常に強かったこともイギリスに親しめなかった原因の一つにあげられる。

さらに漱石は、妻の鏡子をしきりに恋しがって、思いやりのある手紙を出している。しかし鏡子は、子供が生まれたり、家計のやりくりで頭をなやましたりで、なかなか返事を出さなかった。それが不満で、

「御前は産をしたのか。子供は男か女か。両方共丈夫なのか、どうもさつぱり分らん。遠国に居ると中々心配なものだ。自分で書けなければ中根の御父さんか誰かに書て貰ふが好い。夫が出来なければ土屋でも湯浅にでも頼むが好い」

と、たよりをせがんでいる。鏡子がなかなか手紙をかけなかったのもわかるが、夫の孤独な心情を理解し、慰めようとする思いやりは欠けていたようである。

以上述べてきたようなことから、漱石は、ノイローゼになった。イギリス人全体から自分が馬鹿にされているような気がした。誰かが自分を監視し、追跡し、悪口をいっているような気がした。

あるとき、文部省から報告書を送れ、といってきた。彼は、自分は一生けんめい勉強しているのだが、まだ目鼻がつかない、報告しろといわれてもしようがない、といういらだたしい気持から、白紙の報告書を送ってしまった。文部省では、どうもおかしいと思った。イギリスに来ている人が様子を見に行ってみると、まっくらな部屋にとじこもったきりで、悲観して泣いている。漱石は狂人になったのだと思い、本国に知らせたので、噂が広がった。

子規の死

「此御婆《このおばあ》さんが先達《せんだつ》て手紙をよこして其中に folk という字を使つてゐる。只使つてゐる許なら不思議はないが、其字に foot note が付いて居る。是は英国古代の字なりとあつた。「ノート」を自分の手紙へつけるのも面白いが、其ノートの文句が猶更面白い。此御婆さんと船へ合乗をした時に、何か文章を書け、直してやるといふから、日記の一節を出して宜敷御頼まうす事にした。すると大変感心したといつて二三所一二字添削して返した。見ると直さなくつても決して差支のない所を直して居る。そして飛んでもない間違つた事が例のノート的で書いてある。此御婆さんは決して下等な人でない。相応な身分のある中流の人である。かくの如き人間に邂逅する英国だから、我下宿の妻君が生意気な事を云ふのも別段相手にする必要はないが、同じ英国へ来た位なら今少し学問のある話せる人の家に居つて、汚ない狭いは苦にならないから、どうか朝夕交際がして見たい。」

これは、『倫敦消息』の一節である。「相当の身分のある人ですら此通り」とか、「もう少し学問のある話せる人」と交際したいとか、いっているところに、留学以前には見られなかった自信ができてきたことがうかがえる。

『倫敦消息』は、病床にある子規のつれづれをなぐさめるため、自分の身のまわりの様子を、明治三十四年四月九日・二十日・二十六日の三回にわたって伝えた手紙で、高浜虚子を中心とする雑誌『ホトトギス』の五月号、六月号に、この題名で連載された。

子規はこの通信を大変よろこんだ。手紙を送って、無理なことだろうが、もしかけるなら、自分の生きているうちにもっとたよりをよこして欲しい、と漱石にせがんでいる。漱石はそのころは『文学論』に没頭しているときだったので、子規の希望をかなえてやれなかった。その手紙は、彼が読んだ子規の最後の手紙となった。子規の体は病にすっかりむしばまれていたのである。同じ手紙に、子規は、「僕ハモーダメニナッテシマッタ、毎日訳モナク号泣シテ居ルヤウナ次第ダ」と、その悲痛な思いをかいている。

不屈の精神力をもって、重い病とたたかいつつ、俳句の革新、短歌の革新、写生文の運動など、数々の偉大な功績を残した正岡子規は、ついに、三十五年九月十九日、なくなった。

漱石は虚子あての悔み状に弔句をかきそえ、送った。

筒袖や秋の柩《ひつぎ》にしたがはず

「自己本位」の自信

漱石は、日本人でも英文学が理解できるか、ということにいつも悩み続けた。西洋人の作品を評価する場合、作者と同じ西洋人がかいたその作品についての批評を読むと、納得いかなくても、ふりまわされがちであった。ところが、池田菊苗に啓発されて、「もっと組織だったどっしりした研究」をやろう、と決心し、西洋人がなにをいおうとも、それは参考の範囲に止めて、あくまでも自主的立場に立って意見を述べよう、自分は独立した一個の日本人であって、英国人の召使ではないのだ、と考えた。

「私は此自己本位といふ言葉を自分の手に握つてから大変強くなりました。彼等何者ぞやと気概が出ました。今迄茫然と自失してゐた私に、此所に立つて、この道から斯う行かなければならないと指図をして呉れたものは実に此自己本位の四字なのであります。」

と、『私の個人主義』のなかで述べている。

先にもかいたように、猛勉強の反動として、ノイローゼにかかりはした。しかし漱石は、イギリス留学によって、英文学に対する自己の立場をはっきりと決定して、自信をもって、明治三十五年十二月、帰国の途につくことができた。「自分の鶴嘴《つるはし》をがちりと鉱脈に掘り当てたやうな」気持ちであった、という。

作家の道

「首の廻らない程高い襟《えり》を掛けて外国から帰つて来た健三は、此惨澹な境遇に置かれたわが妻子を黙つて眺めなければならなかつた。ハイカラな彼はアイロニーの為めに手非道《てひど》く打ち据ゑられた。彼の唇は苦笑する勇さへ有《も》たなかつた。」

これは、自伝的小説『道草』の一節である。健三が漱石自身であることはまえにも述べた。

明治三十六年一月二十三日、なつかしい東京の土をふんだ漱石を待っていたのは、貧しい境遇におかれている妻子の姿だった。漱石はどれほど妻子とくつろいですごす有様を思い描いたことだろう。だが、いざ牛込矢来の中根の隠居所に見た妻は、不断着もすっかり着古して、夫の着物を縫い直して身にまとっていた。鏡子の父の中根は、内閣の辞職とともに地位を失い、株に手を出してすっかりおちぶれてしまったのだった。鏡子はすでに二人の女子の母となっていたが、子供たちは、見訓れぬ父に親しめず、おびえたような様子さえ見せた。

イギリス留学で抱いた夢は、この寒々とした現実にすっかり崩れてしまった。彼は、留学に行く前に

秋風の一人を吹くや海の上

とかいた短冊を、ものもいわずに破りすてた。

まず、収入の道を考えなければならない。熊本の五高では、なかなか手放したがらなかったが、漱石は熊本へもどる気持ちはなく、東京で暮したかった。さいわい了解がついて、狩野亨吉、大塚保治の世話で東大文科と第一高等学校の講師の口がきまった。彼は、なによりも『文学論』を大成することに没頭したかった。しかし、収入を得るために、東大が六時間、一高が二十時間という過重な時間数を受けもたなくてはならなかった。

職がきまれば、次は住居である。四月の開講をまえにして、三月二日に、今の文京区、当時の本郷区駒込千駄木町五十七番地に移った。熊本の家財道具を売り払っていたので、生活に必要な品物も新しく買わねばならない。そこで、官職を辞す手続きをとり、退職一時賜金で品物をそろえ、本箱も買った。それは、ガラス戸も後部もついていない、重い洋書をのせると「棚板が気の引ける程撓《しな》」るような粗末なものだった。こういうわけで、官職のうえでは、改めて講師として出なおした。

ノイローゼの再発

漱石の前任者は、文名も聞こえていたラフカディオ・ハーン（小泉八雲）である。彼の詩的で随筆的な講義は、学生になじみやすく、人気があった。ハーンの後を受けた漱石は、『文学論』の序説ともいうべき『文学形式論』を講義したが、ハーンの講義のしかたとは違って、論理的、科学的であったから、多くの学生は、魅力を感じなかった。また、自分に最も興味のあることを、英語の文章を引用して講義していったので、学生は「わからない」ともらした。このような教壇の反映に彼は、いらいらしたが、レベルを下すことはしなかった。「生徒ニ得ノ行ク様ナヿハ教エルノガイヤ」だった。

そうして、九月からの新学年に備えて、『文学論』のノートを作り出した。そのための過度の勉強は、イギリス留学のときかかったノイローゼを再発させた。それに加えて、鏡子は三女をみごもり、悪阻《つわり》からヒステリーを起こすし、洋行して大学の先生になった漱石を、金づるのように思って、かつての養父母、鏡子の父、漱石の姉、兄が、せびりにくるのだった。これではノイローゼは悪化する一方である。その様子は『道草』に詳しくかかれている。

「健三の気分にも上《あが》り下《さが》りがあつた。出任せにもせよ細君の心を休めるやうな事ばかり云つてゐなかつた。時によると、不快さうに寝てゐる彼女の体たらくが癪に障つて堪らなくなつた。枕元に突つ立つた儘、わざと慳貪《けんどん》に要らざる用を命じて見たりした。

細君も動かなかった。大きな腹を畳へ着けたなり打つとも蹴るとも勝手にしろといふ態度をとつた。」

「彼はけち臭い自分の生活状態を馬鹿らしく感じた。自分より貧乏な親類の、自分より切り詰めた暮し向に悩んでゐるのを気の毒に思つた。極めて低級な慾望で、朝から晩迄齷齪《あくせく》してゐるやうな島田（養父にあたる）をさへ憐れに眺めた。

「みんな金が欲しいのだ。さうして金より外には何《なん》にも欲しくないのだ。」

斯う考へて見ると、自分が今迄何をして来たのか解らなくなつた。」

不幸な夫婦間のさけめは、しだいに大きくなっていく。のみならず、自分を苦しめた昔の養父は憶面もなく、金をせびりにくる。彼は金銭、物質を多く得ようとはせず、なにか偉い世の中のためになることをしたいと思い、学問に死ものぐるいでとりくんだ。それにもかゝわらず、まわりに、さまざまなわずらわしいことにぶつかった。その原因を考えてみると、金がないことが一番大きな原因であることに気がつく。「すると、自分が何をして来たか」という疑問まで感ぜずにはいられないのである。

ひどいノイローゼから漱石は、狂人のように一家にあたりちらした。そうした後で「己の責任ぢやない。畢竟《ひっきょう》こんな気違じみた真似を己にさせるものは誰だ。其奴が悪いんだ」とこころの中でくり返すのだった。

また、向いの下宿屋の二階にいる学生が、自分を監視しているように思われた。学校が始まる時間はどこでもたいてい同じであるから、漱石が出かける時刻には、その学生も出かけることになる。彼はその学生は、実は探偵が化けているのだと思いこみ、毎朝、朝食時になると、「おい、探偵君、今日は何時に学校へ行くかね」とか「おい、探偵君、今日のお出かけは何時だよ」とか、大きな声で聞えよがしにどなったそうである。

漱石の死後、遺体解剖にあたった長与又郎博士の報告によると、糖尿病には、誰かに追われていると信じこみ不安になる追跡症が伴う実例がある、漱石は明治三十八、九年ころ糖尿病にかかった徴候が認められるから、漱石のノイローゼも追跡症の種類のものかも知れない、また、あるいは、イタリヤの精神病学者ロンブロゾーの所説にある天才と狂人との接近した素質にもとづくものかも知れない、としている。

しかし、いずれにしても、文字どおりの苦悩を通して、自己を含めた人間性の奥底にうごめくものにふれていたのであり、そこから『吾輩は猫である』以下の作品が生まれたのである。漱石自身、「余は此神経衰弱と狂気とに対して深く感謝の意を表するの至当なるを信ず」と『文学論』の序文でいっている。

また、一方では、「不愉快だから、どうかして好い心持になりたい」という気持ちから、絵や文章をかいた。ロンドン時代、下宿の婆さんのすすめで、ノイローゼを直すため自転車の練習をした思い出をかいた『自転車日記』を『ホトトギス』に発表しているが、そのユーモラスな筆致は『吾輩は猫である』や『坊っちゃん』に一脈通じるものがある。

処女作『吾輩は猫である』

『文学論』の開講は、明治三十六年九月のことで、講了は、三十八年六月である。約二年間にわたって講義されたのであるが、その間にノートは、勤勉にとり続けられた。かたわら、三十七年には、家計を助けるため明治大学講師を兼任しつつ、英詩やさまざまな種類の長詩がかかれ、また、『マクベスの幽霊に就て』が『帝国文学』に発表された。

この年、特筆すべき大事件があった。日露戦争である。日清戦争後以来、大国の横暴に歯をくいしばって耐えてきた国民の怒りは爆発した。日本の運命をかけたこの戦いに詩心を刺激された漱石は、

吾に讎《あだ》あり、艨艟《もうどう》吼《ほ》ゆる、
讎はゆるすな、男児の意気。

に始まる詩『従軍行』を『帝国文学』によせ、日本人の心情を歌った。

戦争は日本の勝利に終わった。国民は喜びにわきたった。しかし、この戦争で日本は、すっかり疲れてしまったし、戦争の結果、富んだものと貧しいものとの差がはっきりと生じた。戦争のもたらしたさまざまな悲惨な状況は、いたるところに見られた。戦勝におごった国民の姿を見て、漱石はこころおだやかならず、日本と日本人の将来に新たな深い憂を感ぜずにはいられなかった。『三四郎』のなかで漱石は、広田先生に「こんな顔をして、こんなに弱つてゐては、いくら日露戦争に勝つて一等国になつても駄目ですね。」といわせている。三四郎が「然し是からは日本も段々発展するでせう」と弁護すると、「亡びるね」と答えるのである。そこに国を思う漱石の不安がはっきりと見られる。

このころも、ノイローゼは、漱石から離れなかった。イギリスから帰国した後、暗澹《たん》とした生活を送って

いる漱石のところへ、高浜虚子、坂本四方太《さかもとしほうだ》などの『ホトトギス』の同人がよく訪ねてきた。その交流から、俳句や連句を作った。これはある程度のなぐさめになった。

あるとき、虚子は、「文章でも書いて見たならば気が紛《まぎ》れるだろう」と思って、それを漱石にすすめた。果たしてかけるだろうか、と思っているうちに予定の日がきたので訪ねてみると、長い文章ができている。漱石はご機嫌で、「ぜひこれを一つ自分のまえで読んでみてくれないか」という。読んでみるとなかなかおもしろい文章なので、虚子は、その日の山会《やまかい》に持ち出して、会員たちにも聞かせることにした。山会とは、「文章には山がなくてはいけない」という子規の主張にちなんでつけられた文章研究会の名称である。高浜虚子、坂本四方太《さかもとしほうだ》、寒川鼠骨《さむかわそこつ》、河東碧梧桐《かわひがしへきごどう》たちは、子規の唱導した写生文の運動を進めるために集まっていたのだった。写生文とは、目に見、心に感じたことを、つくりごとを交えずに、そのまま写生する文章である。

漱石の文章は、山会で変わった作として評判がよかった。題名はまだつけられていなかった。『猫伝』にしようか、かき出しの一句の『吾輩は猫である』にしようかと迷っていたが、虚子の意見で後者にきまった。こうして、現在の『吾輩は猫である』の第一章にあたる部分が新年号の『ホトトギス』に掲載された。漱石は虚子の意見をきいて、いくらか訂正したところもあった。

この作品は大反響をよんだ。気をよくした漱石は、第二、第三とかき続け、三十九年八月まで『ホトトギス』に連載し、一年半かかって完結した。第一章をかいたのが三十八歳、脱稿したのが四十歳のときであった。これが彼の処女作となったことを思うと、作家としての出発がいかに遅かったかがわかる。しかし、そ

八巻 四號

吾輩は猫である　　漱石

吾輩は猫である。名前はまだ無い。

どこで生れたか頓と見當がつかぬ。何でも薄暗いじめじめした所でニャー〳〵泣いて居た事丈は記憶して居る。吾輩はこゝで始めて人間といふものを見た。然もあとで聞くとそれは書生といふ人間中で一番獰惡な種族であつたさうだ。此書生といふのは時々我々を捕へて煮て食ふといふ話である。然し其當時は何といふ考もなかつたから別段恐しいとも思はなかつた。但彼の掌に載せられてスーと持ち上げられた時何だかフハフハした感じが有つた許りである。掌の上で少し落ち付いて書生の顔を見たのが所謂人間といふものゝ見始であらう。此時妙なものだと思つた感じが今でも殘つて居る。第一毛を以て裝飾されべき筈の顔がつる〳〵して丸で藥罐だ。其後猫にも大分逢つたがこんな片輪には一度も出會はした事がない。加之顔の眞中が餘りに突起して居る。そうして其穴の中から時々ぷう〳〵と烟を吹く。どうも咽せぽくて實に弱つた。是が人間の飲む烟草といふものである事は漸く此頃知つた。

此書生の掌の裏でしばらくはよい心持に坐つて居つたが暫くすると非常な速力で運轉し始めた。書生が動くのか自分丈が動くのか分らないが無暗に眼が廻る。胸が惡くなる。到底助からないと思つて居るとどさりと音がして眼から火が出た。夫迄は記憶して居るがあとは何の事やらいくら考へ出さうとしても分らない。

ふと氣が付いて見ると書生は居ない。澤山居つた兄弟が一疋も見えぬ。肝心の母親さへ姿を隱して仕舞つた。其上今迄の所とは違つて無暗に明るい。眼を明いて居られぬ位だ。果てな何でも容子が可笑いとのそ〳〵這ひ出して見ると非常に痛い。吾輩は藁の上から急に笹原の中へ棄てられたのである。

漸くの思ひで笹原を這ひ出すと向ふに大きな池がある。余は池の前に坐つてどうしたらよからうと考へて

吾輩は猫である　八巻四號　一

「ホトトギス」に掲載された
「吾輩は猫である」の第1回

れまでに思想は磨かれ、人生や社会への洞察が養われていたのである。

この作品は、最初は一回きりのつもりでかかれたので、構成は非計画で、調子も一貫していない。しかし、他の日本の近代小説に見られないユーモア、猫が人間を観察するという新しいスタイルは、読者を魅了せずにはおかなかった。今日でも、『猫』のような本当の意味でのユーモアにあふれた小説は、極めて少ないのである。この小説には、先に進むにつれて、金持や権力者の俗物ぶりに批判がこめられている。また、俗物を批判する苦沙弥先生たち、「太平の逸民」の側にも、猫の目を通して、きびしい疑問の眼がむけられている。漱石は俗物を軽蔑《べつ》しながらも、知識人のあり方に肯定できないものを見、いらだたしい気持ちをもたざるをえなかったのである。

『漾虚集』から『野分』まで

『猫』をかく以前の漱石は、小説を本職とする気はなかったが、かきたくてたまらないことがたくさんたまっていた。『猫』を初めとして、それが堰《せき》を切ったように数々の名作となって表われた。

『猫』と並列して、『倫敦塔』（三十八年一月）、『幻影《まぼろし》の盾《たて》』（同年四月）、『琴のそら音』（同年五月）、『薤露行《かいろこう》』（同年十一月）など、三十九年に『漾虚集《ようきょしゅう》』に収録された短篇がかかれている。これらは、ロマンティシズムの香りが高いもので、『倫敦塔』には、塔にまつわる不吉な幻想の奥に、人間の行為の不気味さにおののく漱石が感じられ、『琴のそら音』には、「恋愛の神秘」や「心霊の感応」が語られている。『幻影の盾』『薤露行』は最もロマンティシズムの濃い作品で、前者はアーサー王の伝説を、後者はマロリーの『アーサー王の死』を素材にし、両方共中世騎士時代の物語としてかいている。そこには、鉄片と磁石のような純粋な人間の出会や、「一心不乱」な気持ちや行為にこめられている祈願を達成してやりたい漱石が見られる。

「倫敦塔」中扉

三十八年六月、『文学論』の講義を終了した漱石は、九月から『十八世紀英文学』を開講した。『文学論』は、それまでに見られない客観性のある体系の文学論で、文学と社会との関係にも深い洞察を下している。

翌年四月、『坊っちゃん』を『ホトトギス』に発表した。強い正義観をもち竹を割ったような気性の坊っちゃんの痛快な活躍がユーモラスな筆でかかれている。坊っちゃんの行為には、打算がない。坊っちゃんと清との結びつきが美しいのは、互に無償《むしょう》だからである。それこそ漱石があこがれてやまないものであった。坊っちゃんは、腹黒い赤シャツや野だいこをやっつけるが、結局、任地を離れて東京へ帰ることになる。坊っちゃんをそこに止まらせなかった醜い現実はいたるところにある。漱石は、そういう俗界を離れて、ひたすら東洋的な美の世界を求めようという気持ちになった。

そこから三十九年九月、『草枕』がかかれた。『余が「草枕」』という談話のなかで彼は、「汚ないことや、不愉快なことは一切避けて、唯美しい感じを覚えさへすればよいのである」といっている。これは当時さかんであった自然主義の文学とは反対の立場であった。漱石は自然主義の作品を一応は認めたうえで、「人生の苦を忘れて、慰藉するといふ意味の小説も存在していい」と思った。

しかし、消極的な『草枕』の世界にあきたらず、現実の「汚ないことや不愉快なこと」と真正面からとり組まなければいけない、と思うようになった。その弟子、鈴木三重吉にあてた手紙で、「僕は一面に於て俳諧的文学に出入すると同時に一面に於て死ぬか生きるか、命のやりとりをする様な維新の志士の如き烈しい精神で文学をやって見たい」といっている。

こうして、三十九年十月に『二百十日』がかかれた。この作品では、阿蘇山へ登る圭さんと碌さんの会話を巧みに噛み合せて、金持ちや華族に怒りをぶつけている。

次の『野分』(四十年一月)では、白井道也先生を通じて、金銭が世の中を支配し、「高等な労力に高等な報酬が伴」わない世相を一層激しく批判している。

以上述べてきたように、漱石は、美の世界にひたろうとする姿勢から、「汚ないもの不愉快なもの」と闘《たた》かう姿勢に脱皮し、新たな発展を示していった。

木曜会

イギリスから帰国した後、『ホトトギス』の同人や、熊本で教えた学生、大学で教えている学生たちが、漱石をしたって集まってきた。不正なことが大きらいな漱石は、知ったかぶりをしたり、読まない本を読んだようなふりをするものがあると、きびしく戒しめた。そういう点では、こわい先生だったが、その他は、非常に寛容で、弟子たちは、思うままに、自由にしゃべり、先生といっしょに議論することができた。彼らは、叱られることはあっても、先生から誤解を受けることはなく、その気になれば大いに啓発を得ることができた。そういうわけで、漱石の家に集まる人たちの数も次第に増えた。そこで、三十九年十月に鈴木三重吉《みえきち》は、「こんなに訪問客が多くなっては、先生の大事な時間をつぶしてしまう。先生と面会する日は、木曜日の午後にきめることにしよう」と発案した。皆なこれに同意し、この集まりを、木曜会とよぶことにした。それは、漱石が死ぬまで続けられた。

木曜会の常連は、寺田寅彦、小宮豊隆、野間真綱、鈴木三重吉、森田草平《そうへい》、安倍能成、和辻哲郎、高浜虚子、坂本四方太《さかもとしほうだ》、松根東洋城《とうようじょう》、坂元雪鳥、内田百閒《ひやっけん》などで、大正期になって、まだ大学生の芥川龍之介、久米正雄、松岡譲《ゆずる》などが仲間入りした。この顔ぶれを見ると、小説家ばかりでなく、学者も加わっていることがわかる。これに比べて、明治二十年代から三十年代にわたって文壇の中心を占めた尾崎紅葉のところには、川上眉山《びざん》、泉鏡花《きょうか》、徳田秋声《しゅうせい》、小栗風葉《ふうよう》などの小説家ばかりが集まっていた。このことは、職人的な小説家紅葉と、深い学識と人間としてのふくらみを備えていた作家漱石との、人と文学のちがいを示すものである。

漱石がこれらの門下生たちに送った手紙には、まご

漱石とその弟子たち（津田青楓筆）

ころがこもっていて、かつ彼の気持ちが率直に表われている。それが、りっぱな書簡文学となっている所以《ゆえん》である。

同年、十二月二十八日には、本郷西片町十番地ろの七号に移転した。

朝日新聞入社

明治三十八年五月九日付の手紙で漱石は、「私は教師として成功するより文学者として世に立つ方が性に合っていると思います。これから創作方面で奮発するつもりですが、教職の余暇《よか》にやることですから大したこともできそうにありません。」という意味のことをかいている。

以前から、自分は、教職に適さない男である、と思っていたが、義務感の強い彼は、決してなおざりな講義はせず、勤勉にノートを作成し、時間をかけている。そのうえ、試験答案を採点したり、卒業論文を審査したりしなければならないので、創作をするのには、大変な負担をかかえていたわけである。教師として成功するか、創作にうちこむか、この間をずいぶん迷った。一定の収入を得るには、教職についている方がよいし、やりたい講義もあった。しかし、自由の身になって、創作一筋に思う存分うちこみたい気持ちの方がもっと強かった。

そこへ読売新聞から口がかかってきた。このときは、慎重に考えた結果、ことわった。

四十年二月、今度は朝日新聞から社員になって下さい、といってきた。漱石を朝日にむかえることを最初に考えた人は、鳥居素川《そせん》という人で『大阪朝日』の主筆であった。その企画が『東京朝日』に伝わった。まず、坂元雪鳥が主筆の池辺三山《さんざん》の内命で、漱石に入社の気持ちがあるかどうか打診にきた。坂元は、漱石が五高の先生をしているときの教え子で、当時はまだ国文科の学生であったが、『東京朝日』に短い文章をかいていたのである。

漱石は、創作のみにうちこみたかったから、その点では入社に異存はなかったけれども、国家によって保証されている大学教授の職を去るのは、経済的に不安であった。また、当時は、大学教授が高い地位として尊敬されているのに対して、小説家はそれよりはるかに低い地位にみなされていた。したがって、大学教授が小説家になれば、人から物好きとか、変物とか見られやすい。新聞社に入って失敗したら、二度と学校にもどれない。さらに、自分の小説が新聞の読者にうけるかどうかもわからないのであるから、真剣に考えざるを得なかった。

そこで、さまざまな条件を問い正してみた。たとえば、報酬は月額どのくらいか、身分の保証をしてもらえるか、自分の作品が現在の新聞にむいていなくてもさしつかえないか、出版権は得られるかなどの問題である。だいたい、希望どおりの返事を得たので、三月中旬、主筆の池辺三山に会った。三山は十分信用のおける人であった。「西郷隆盛に会つたやうな心持」がしたと彼はかいている。

こうして、朝日新聞に入社する決心が固まった。五月三日、同新聞に『入社の辞』をかいた。そこで次のように語っている。

「大学では講師として年俸八百円を頂戴してゐた。子供が多くて家賃が高くて八百円では到底暮せない。

仕方がないから他に二三軒の学校を馳《かけ》あるいて、漸く其日を送つて居た。いかな漱石でもから奔命《ほんめ》につかれては神経衰弱になる。其上多少の述作はやらなければならない。酔興《すいきょう》に述作をするからだと云ふなら云はせて置くが、近来の漱石は何か書かないと生きてゐる気がしないのである。夫丈《それだ》けではない。教へる為め、又修養の為め書物も読まなければ世間に対して面目《めんぼく》がない。漱石は以上の事情によつて神経衰弱に陥つたのである。

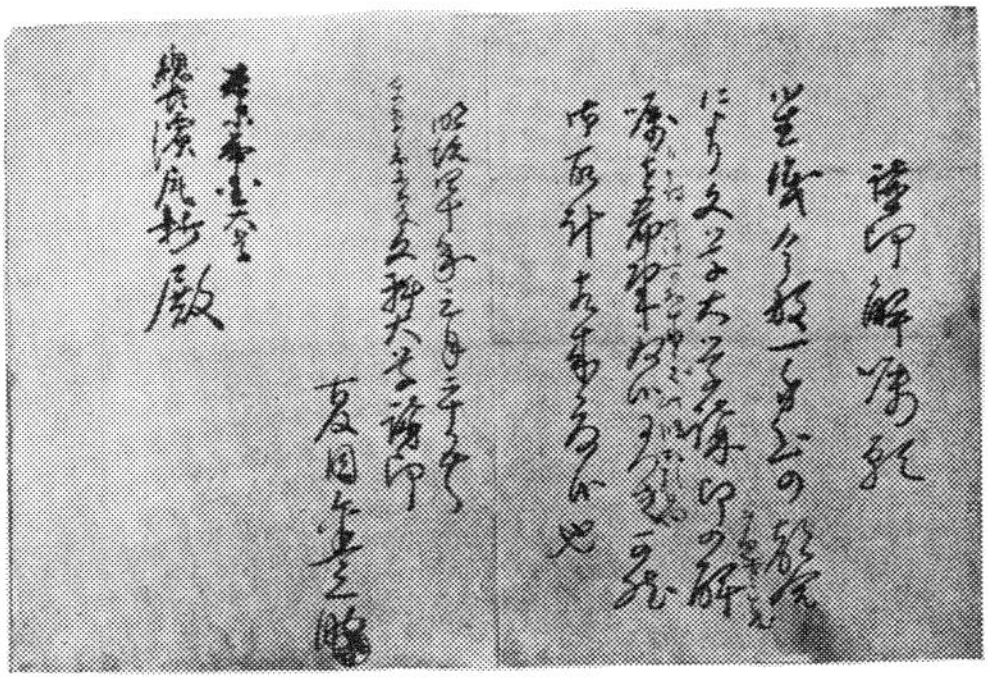

漱石の辞表

新聞社の方では教師としてかせぐことを禁じられた。其代り米塩の資に窮せぬ位の給料をくれる。食つてさへ行かれゝば何を苦しんでザツトのイツトのを振り廻す必要があらう。やめるなと云つてもやめて仕舞ふ。休めた翌日から急に背中が軽くなつて、肺臓に未曽《みぞ》有《う》の多量の空気が這入つて来た。」

ここには、窮屈《きゅうくつ》な職場から開放されて、希望どおり、文筆一本の生活にいい条件で入れた喜びがあらわれている。時に漱石は、四十一歳になっていた。

大学と高等学校に辞表を提出した後、狩野亨吉や菅虎雄に会ったり、大阪の新聞社の人と近づきになったりするためもあって、京都見物に出かけた。この旅行で得た素材のいくつかは『虞美人草』のなかで生かされている。

文学の理想

漱石が朝日に最初に発表したのは、『文芸の哲学的基礎』という評論で、小説ではなかった。小説を発表するまえに文学上の所信を述べ、自己の立場と抱負を明らかにしておこう、としたのだった。この評論は、四十年四月二十日、美術学校文学会で講演したときの筆記を加筆訂正したもので、五月四日から六月四日まで、二十七回にわたって連載された。

ここでは、文芸家の代表的な四つの理想（美的理想、真に対する理想、愛と道義に対する理想、荘厳に対する理想）をあげ、これ等は、時代や個人によって移り変わるが、互に平等の権利をもっている、としている。さらに、現代の文芸は、真を重んずるのは結構だが、そのあまり「真の為めに美を傷つける、善をそこなふ、荘厳を踏み潰《つぶ》す」傾向があるのはよくない、と主張している。これは、当時盛んになりつつある自然主義への批判に他ならない。文壇では、『小説神髄』によって近代文学の先駆的な役割を果した坪内逍遙は、新劇運動に主力をそそぎ、浪漫の香りが高い『舞姫』をかいた森鷗外は、翻訳や評論に健筆をふるって特異な存在ぶりを発揮していた。漱石と同じ歳の尾崎紅葉は、『吾輩は猫である』が発表される前年（三十七年）に『金色夜叉』を未完のまま没し、幸田露伴は、三十六年に『天うつ浪《ひら》』を発表してからめだった小説は見られなくなっていた。紅露逍鷗に交替する勢いで台頭したのが自然主義の作家たちであった。

彼らの「真」を求める努力は、三十九年、島崎藤村の『破戒』によってその実りを示した。その翌年に発表された田山花袋の『蒲団』は、後の自然主義作家に決定的な影響を与えた。すなわち、この作品以後、自己の体験を中心に人間の醜い面を臆面もなくあばき出す傾向が強くなっていったのである。

漱石は、全面的に自然主義を否定しているのではない。「真」を求めるのは、もちろん結講だが、「善」や「荘厳」にも眼をむけて、もっと広い立場から理想を求めるべきだ、と主張しているのである。

そして、終わりの部分で、

「如何にして活きべきかの問題を解釈して誰が何と云つても、自分の理想の方がずつと高いから、ちつとも動かない、驚かない、何だ人生の意義も理想もわからぬ癖に、生意気を云ふなと超然と構へる丈に腹が出来てゐなければなりません。是丈に出来て居なければ、いくら技巧があつても書いたものに品位がない。ない筈である

と、文学者としての強い覚悟を述べている。

『虞美人草』

朝日新聞に最初に連載された小説『虞美人草』を発表するにあたって、漱石は次のような広告文をかいた。

「昨夜豊隆子と森川町を散歩して草花を二鉢買つた。植木屋に何と云ふ花かと聞いて見たら虞美人草だと云ふ。折柄小説の題に窮して、予告《よこく》の時期に後れるのを気の毒に思つて居つたので、好加減《いいかげん》ながら、つい花の名を拝借して巻頭に冠らす事にした。

純白と、深紅《しんく》と濃き紫のかたまりが逝《い》く春の宵の灯影《ほかげ》に、幾重の花瓣《はなびら》を皺《しわ》苦茶《くちゃ》に畳《たた》んで、乱《みだ》れながらに、鋸を欺く粗き葉の尽くる頭に、重きに過ぎる朶々の冠を擡ぐる風情は、艶とは云へ、一種、妖冶な感じがある。余の小説が此花と同じ趣を具ふるかは、作り上げて見なければ余と雖《いえど》も判じがたい。」

この広告文が出ると、前景気が盛んにおこった。デパートからは「虞美人草浴衣」が、貴金属の商店からは、「虞美人草指環」が売り出された。六月二十三日に第一回が載ると、駅の新聞売子は、「『虞美人草』!、漱石の『虞美人草』!」と叫んでは売り歩いた。

「虞美人草」の初版本（表紙と箱）

この作品は、十月二十八日（東京は二十九日）まで連載された。ここでは、道義を重んずる甲野さんと彼に同情する人々と、誠実な心を持たない藤尾を代表とする人々との葛藤《かっとう》が華麗な描写でかかれている。前者によって後者が裁かれるのがその結末である。

『虞美人草』がかき始められたころの内閣総理大臣は西園寺《さいおんじ》公望《きんもち》であった。西園寺は、国木田独歩を食客として自分の邸に住まわせてやったり、随筆集を出したりしたのでもわかるとおり、政治家にしては文化人であった。彼は、当時活躍していた有名な小説家たちを自分の邸に招いて、風流談義を楽しもう、と思った。

その会（「雨声会」）には、森鷗外、幸田露伴、泉鏡花、徳田秋声、国木田独歩、島崎藤村、田山花袋などが喜んで出席した。招待されて出席しなかったのは、坪内逍遙、二葉亭四迷、そして、漱石であった。『虞美人草』という最初の新聞小説の発表のときにあたって、会合のためたいせつな時間をさかれ、作品にうちこむ張りきった気分をそこなわれたくなかった。そこで、

時鳥《ほととぎす》厠《かわや》半ばに出かねたり

という句を送ってことわった。都会では、めったに聞かれない風流なほととぎすの声（総理大臣の招待）が聞えてきたが、あいにくトイレットで用を足している最中（小説をかいている最中）なので、出ていかれない、という意味である。この場合は、それだけの理由のように見えるが、実は、漱石にはもっと大きな欠席の理由があった。彼は二回目の雨声会にも出席していない。そのときには、すでに『虞美人草』を脱稿していたのである。彼は、総理大臣に招待されることを大変な名誉に思う作家たちの自己卑下を不愉快に感じたのにちがいない。自らを「賤業《せんぎょう》の輩《やから》」とするような戯作者の気分がまだ一部の作家に残っている時代であったのである。雨声会に出席した人のなかには、そういう人もまじっていたので、その人たちに、いや、西園寺公にさえも、自由人として独立した作家の気骨を示したのだと思われる。

四十年九月二十九日に漱石は、早稲田南町七に転居した。書斎は陰気であったので、三方をガラス戸にし

て、明るくした。彼は、死ぬまでここに住み、数々の名作を生んだ。後の作品『硝子戸の中』がかかれたのもここであった。

『坑夫』

次にかかれた『坑夫』は、明治四十一年一月一日から四月六日まで朝日新聞に発表された。ちょうど同紙に連載中の小説が切れて、島崎藤村の『春』が発表されるまで、約三十回分くらいの予定で、漱石がかくことになったのだった。

こういうわけで、十分に準備する時間もなかった漱石の頭にうかんだのは、一人の若い男が話していった身のうえであった。

その男は、四十年の十一月ごろ面会を求め、「私の身のうえを材料にして、小説にかいて下さい。材料を提供した報酬で信州へ行きたいのです。」といった。ちょうど上田敏がいとまごいに来ているときだったので、聞いているひまがなく、財布からいくばくかの金を出し与えて、たずねた。

「これで行けるかね」

「行けます」

「今夜、たつの」

「いえ、今夜はまだ出かけません。東京に居ります。」

「じゃ、今夜、とにかく来て、その材料というやつを話してくれ給え」

男を帰してから、「かたりかも知れない、もしそうなら、来はすまい」と、思っていると、男は、正直にやってきて、三時間ばかり話した。メモをとりながら聞き入っていた漱石は、男が話し終わると、

「こりゃ信州へ行ってから君自身でかいたらどうかね。できたものがおもしろかったら、雑誌へのせるようにぼくから話をつけてやってもいいよ」

男は、

「そうしましょう」

といって、帰って行った。ところが、信州へも行かなければ、かこうとする様子もないので、先に述べた急な小説の依頼を受けた漱石は、男の了解を得たうえで、坑夫の生活の箇所だけを素材にすることにした。『坑夫』はこういうことがあってかかれた。男から聞いた話は、坑夫になるまでが主であったが、漱石は、主人公が坑夫の生活に入り、そこから脱出するまでを、回想形式で描いた。三十回位のつもりが、三倍の九十一回にまでのびた。これは、漱石の作品のなかでは、異質な作品となった。また、前作の『虞美人草』が華麗な文章でかかれているのに対して、『坑夫』は、素朴な文章でかかれ、わざとらしさがずっと見られなくなっている。

『坑夫』の素材は、作者が全く見たことのないものであったが、同年六月十三日から二十一日にかけて発表された『文鳥』は、身辺のできごとを素材に、「淡雪の精のやうな」文鳥の美しさを透明でよく澄んだ文章で写生している。

次の『夢十夜』は、題名のとおり、十の夢を思い出した形式でかかれている。そこに描かれている夢を実際に作者が見たのかどうかはわからないが、浪漫《ろうまん》的な色彩をもっている。その根底には、人間のこころの奥にある不安があつかわれているので、読者は、情景が美しく描かれているのと同時に、暗い感じがただよっていることを知る。この後、幻想的でロマンティックな作品は見られなくなった。

三部作

漱石の人間性と深い見識にひかれて、多くの人たちが門下生となったことは、まえに述べた。そのうちの一人の森田草平は、若い女性たちの文学研究会で、総明な美しい一人の女性にこころをうばわれた。それが平塚明子《はるこ》(雷鳥)である。激しい情熱だけの恋は、不幸に終わった。二人は、田端駅の付近で待ち合わせて、行先も定めず東北行の終列車に乗った。山へ行こう、それだけがめあてだった。塩原温泉の奥の尾花峠を二人は、歩いた。心中するつもりであった。雪におおわれている山道をひたむきに登って行った。明子は、草平の顔色がすぐれないばかりか、なにかおどおどしているのが気にかかった。果して、草平は、「私はあなたを殺せない、私を愛してもいないあなたを殺すことはできない……」といったという。それを聞いた明子は、「とてもとりかえしのつかないような腹立ち」を感じた。(平塚雷鳥『わたくしの歩いた道』による) これがこの事件のいきつくところであった。

東京につれもどされた草平を、漱石は自分の家にひきとってやった。草平は、「恋愛をのりこえた彼岸に救いを、霊と霊との結合を求めよう」としたのだ、とかいているが、漱石はその草平にきびしかった。「人情も道徳も支配しない彼岸といえば、死よりほかに道はない。この世でそれを求めようとするのはむりだ。で、もし君らが尾花峠で死んでいたとすれば、なにも問題はないのだ」というのが漱石の考えだった。

漱石は、世間からほうむられようとされている草平を救ってやりたかった。そこで草平にその体験を小説にかくようすすめた。こうして、森田草平の『煤煙』が『東京朝日』に連載されたのだった。執筆中、明子の母が来て、迷惑な小説をかかないで欲しい、と申し込まれたが、漱石は「森田に書くことを断念させることはかんべんして下さい。それは彼を殺すのと同じ結果になるのです」とたのんで、執筆することだけは、了解してもらった。

しかし漱石は、草平の行為に納得ができなかった。むしろ、「結局火遊びじゃないか」という気持ちをもった。そして、若者に対して危惧《きぐ》の念をいだいた。

『煤煙』事件が一つの動機となって、『三四郎』がかかれた。熊本から東京に出てきた三四郎がさまざまな事象にぶつかっていくというこの作品は、みずみずしい青春の書であると同時に、漱石の明治社会への不安や、青年への警告が見られる。『煤煙』事件は表面に表われていないし、三四郎の美禰子への愛情も激しいものではない。したがって、鑑賞にあたって事件との関係を意識しすぎてはならない。あくまでも参考程度に止めることが望ましい。ここで漱石は、無意識に三四郎の男ごころをひきつける美禰子を「無意識《アンコンシアス》の偽善者《ヒポクリット》」としている。但し、美禰子は明子自身ではなく、ヒントを得た、という程度にすぎない。美禰子は、近代的な教養をもつ魅力的な女性である。新しい性格の女性を漱石は、造型したのだった。

『三四郎』が出た三年後、雑誌『青踏《せいとう》』による女性開放の運動が展開された。その中心となったのは、平塚雷鳥であった。彼女がもし心中していたら、その輝やかしい功績も見られなかったわけである。

次の『それから』と『門』は、『三四郎』の延長上にかかれた作品で、この三作は三部作を成すものとされている。

『それから』の代助は、収入に心配がなく、職にもついていない。しかし、「精神的、徳義的、身体的」にそこなわれている明治社会をするどく批判する頭悩の持主で、彼がぶらぶらした生活をしているのも社会がわるいからだと思っている。そして、「あらゆる神聖な労力は、みんな麵麭《パン》を離れてゐる」という。何事にも驚かない性格で、傍観者の立場にいる彼は、以前愛情を感じていながら友人の平岡にとりもって結婚させた三千代に再会し、彼女への愛情がよみがえると、自分の欺瞞《ぎまん》に気がつく。そして自然の愛を貫ぬこうとするが、社会のおきてにそむいたために、明日の生活にも困る境遇に追いやられる。

このように、「無意識の偽善者」という眼は、今度は、男性の代助にむけられると共に、社会秩序にそむいてまで自己を貫こうとする人間の悲劇が描かれている。

次の『門』は、四十年三月一日から同年六月十二日にわたって、朝日新聞に連載された。この作品で漱石は、まっとうでない恋のため、親友を不幸にさせたという反省から暗い二人だけの生活を送っている宗助、お米夫婦をおちついた筆で描いた。ここでは、人間の罪の意識が追求されている。

このように、『三四郎』以後の作品は、主として人間のこころの内部をするどく解剖する方向に向けられ出し、次第に暗い色調を帯《お》びてきている。

なお、『三四郎』の執筆中、『吾輩は猫である』と縁の深い猫が死んだ。漱石は、猫の小さい墓標に

此下に稲妻起る宵あらん

と句を記した。また、親しい人たちにその死亡通知を出した。

『辱知《じゅくち》猫儀久々病気の処療養不相叶《あいかなわず》昨夜いつの間にか、うらの物置のヘッツイの上にて逝去致候。埋葬《まいそう》の儀は車屋をたのみ蜜柑箱へ入れて裏の庭先にて執行仕候。但《ただし》主人『三四郎』執筆中につき御会葬には及び不申《もおさず》候以上。』

こんなユーモアも忘れない漱石でもあった。

満韓旅行

『門』がかかれる前年、明治四十二年七月末、漱石は、あの学生時代からの親友、中村是公《ぜこう》に七年ぶりで会った。中村は、満鉄総裁になっていた。彼は漱石に、満州

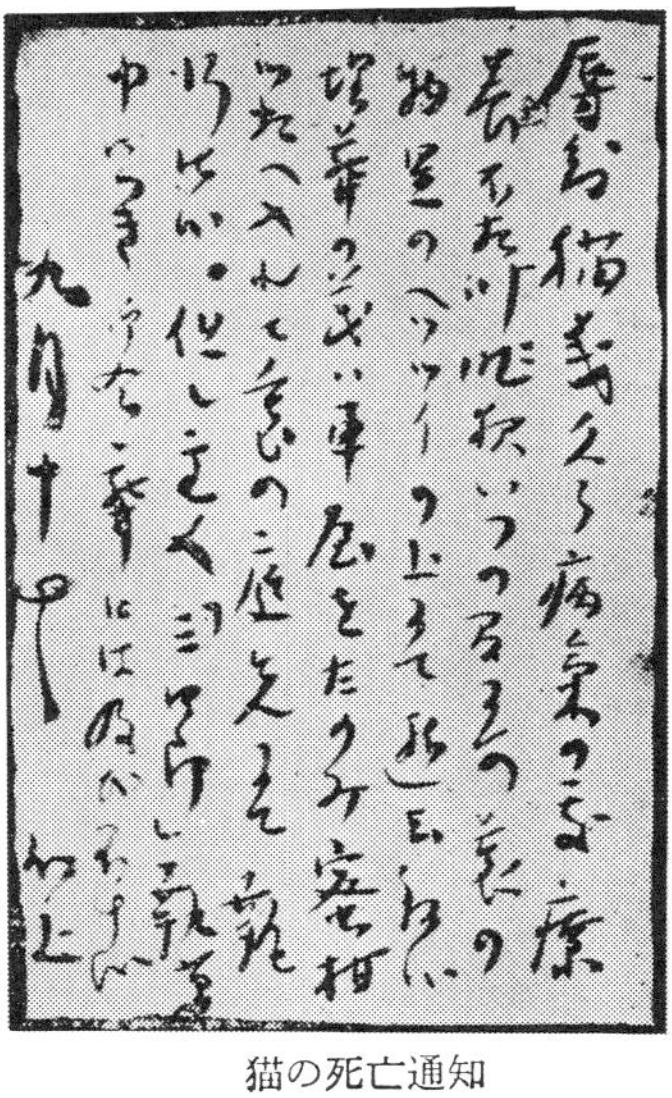

猫の死亡通知

を旅行することをすすめ、「海外に於ける日本人がどんなことをしているか、ちっと見て来るがいい」といった。そこで、いっしょに旅行することになったが、漱石は、突然、急性胃カルタにかかったので、中村は先に出発した。一船後れて、九月二日、漱石は大連にむかった。

商船会社の人が中村を総裁々々といっているのを聞いた漱石は、

「総裁といふ言葉は、世間には何う通用するか知らないが、余が旧友中村是公を代表する名詞としては、余りにえら過ぎて、余りに大袈裟《おおげさ》で、余りに親しみがなくつて、余りに角が出過ぎてゐる。一向味《あじわい》がない。たとひ世間が何う云はうと、余一人は矢張り昔の通り是公々々と呼び棄てにしたかつたんだが、衆寡《しゅうか》敵《てき》せず、已を得ず、折角の友達を他人扱ひにして五十日間通して来たのは遺憾である。」

と、『満韓ところ〴〵』にかいている。

漱石は、大連《たいれん》、旅順《りょじゅん》、熊岳城《ゆうがくじょう》、北上して奉天《ほうてん》、撫順《ぶじゅん》、ハルピン、長春、南下して安東県から朝鮮の平壌《へいじょう》、京城《けいじょう》、仁川、とおもなところはほとんど旅した。そのうち、撫順までの紀行をかいたのが『満韓ところ〴〵』である。変貌する満州の様子を語ると共に、旧友と再会し、若き日の思い出をよみがえらせている。

この年の十一月末、『東京朝日』の文芸欄が創立され、その主宰をつとめた。森田草平を編集にあたらせ、小宮豊隆、安倍能成、武者小路実篤などの人たちが盛んに執筆し、約二年間続いた。

修善寺の大患

学生時代に腹膜炎を煩ったころから、漱石の胃の状態はよくなかったらしい。『それから』をかきあげたころには、激しい胃痛におそわれ、満韓旅行中も帰国後も、苦しめられた。『門』を脱稿した後、内幸町の胃腸病院で検診してもらったところ、胃潰瘍《いかいよう》であることがわかった。四十日余り入院した後、八月六日、療養のため、修善寺温泉に出かけたが、転地と同時に病状は悪くなった。日記には、

八月十二日〔金〕

「夢の如く生死の中程に日を送る。膽汁《たんじゅう》と酸液を一升程吐いてから漸く人心地なり。」

とあり、さらに、

十六日〔火〕

「苦痛一字を書く能はず」

と記しているようにますます悪化し、十七日、十九日に血を吐いた。二十三日の日記には、

「おくび生臭し。猶出血するものと見ゆ」

と、不気味な前兆が記されている。

翌二十四日、夜八時ごろ、八百グラムという多量の血を吐き、人事不省の危篤状態となった。さいわい、カンフルや食塩注射でもちなおし、二十六日からよくなっていき、二十九日に回復にむかった。

このときのことを『思ひ出す事など』(四十三年十月―翌年二月)のなかで次のようにかいている。

「妻が杉本さんに、是でも元の様になるでせうかと聞く声が耳に入った。左様潰瘍では是まで随分多量の血を止めた事もありますが……と云ふ杉本さんの返事が聞えた。すると床の上に釣るした電気燈がぐらぐと動いた。硝子《ガラス》の中に彎曲《わんきよく》した一本の光が、線香煙花《せんこうはなび》の様に疾《と》く閃《きら》めいた。余は生まれてから此時程強く又恐ろしく光力を感じた事がなかつた。其咄嗟《とつさ》の刹那《せつな》にすら、稲妻《いなづま》を眸《ひとみ》に焼き付けるとは是だと思つた。時に突然電気燈が消えて気が遠くなつた。

カンフル、カンフルと云ふ杉本さんの声が聞えた。杉本さんは余の手頸《くび》をしかと握つてゐた。カンフルは非常に能く利《き》くね、注射し切らない内から、もう反響があると杉本さんが又森成さんに云つた。森成さんはえゝと答へた許りで、別にはかぐしい返事はしなかつた。夫からすぐ電気燈に紙の蔽《おおい》をした。

傍が一《ひと》しきり静かになつた。余の左右の手頸は二人の医師に絶えず握られてゐた。其二人は眼を閉じてゐる余を中に挟《はさ》んで下の様な話をした（其単語は悉《ことごと》く独逸語《ドイツゴ》であつた）

「弱い」

「えゝ」

「駄目だらう」

「えゝ」

「子供に会はしたら何うだらう」

「さう」

今迄落付いてゐた余は此時急に心細くなつた。何う考へても余は死にたくなかつたからである。又決して死ぬ必要のない程、楽な気持でゐたからである。医師が余を昏睡の状態にあるものと思ひ誤つて、忌憚《きたん》なき話を続けてゐるうちに、未練な余は、瞑目《めいもく》不動の姿勢にありながら、半無気味な夢に襲はれてゐた。そのうち自分の生死に関する斯様《かよう》に大胆な批評を、第三者として床の上にぢつと聞かせられるのが苦痛になつて来た。仕舞《しまい》には多少腹が立つた。徳義上もう少しは遠慮しても可さそうなものだと思つた。遂に先がさう云ふ料簡なら此方にも考へがあるといふ気になつた。――人間が今死なうとしつゝある間際にも、まだ是程に機略を弄し得るものかと、回復期に向つた時、余はしばゞ当夜の反抗心を思ひ出しては微笑《ほゝえ》んでゐる。――尤も苦痛が全く取れて、安臥の地位を平静に保つてゐた余には、充分夫丈《それだけ》の余裕があつたのであらう。

余は今迄閉じてゐた眼を急に開けた。さうして出来る丈《だけ》大きな声と明瞭な調子で、私は子供抔《など》に会ひたくありませんと云つた。」

長い引用をしたが、これを読むとその夜の状景と漱石のこころの在処《ありか》がはっきりとわかる。長い引用をした理由は、そればかりではない。病の苦痛にあえぎつつ、死と直面し、このように周囲と自己をよく見つめていたことには、改めて驚かざるを得ないのである。

大吐血から五、六日たって漱石は、「霊が細い神経の末端に迄行き亘《わた》つて、泥で出来た肉体の内部を軽く清くすると共に、官能の実覚から杳《はる》かに遠からしめた状態」にある自分を感じた。清らかで調和のとれたやすらかな境地にふれたこの記憶は、「楽しい記憶」としてこころに残った。

漱石はこの大患で、周囲の人々の親切が身にしみて感じられた。鹿児島からは野間真綱が、山形からは阿部次郎がかけつけて来た。福岡からは小宮豊隆が自分の結婚式を延期してまでしてやって来た。これらの人たちはみな口々に「新聞で先生の病気を知ってまいりました」というのだった。それまで、この世の中は、住みにくい、いやなものだと思っていた漱石は、そこに「暖かな風」が吹くのをしみじみと感じた。彼は、深い感謝と同時に、「善良な人間となりたい」と考え、その考えをうちこわすものを「永久の敵」としよう、と心に誓うのだった。漱石は、大患によって新たに人生について深く考えめぐらすようになった。

博士号辞退

明治四十三年十月に帰京した漱石は、すぐ胃腸病院に入院し、身体ばかりでなく、こころもいたわるようにつとめた。門下生たちはよく見舞にやってきたが、静養にあたって、彼らの弁ずる人生論や芸術論に耳を傾けてやることは、負担に感じられた。

退院もちかい、四十四年二月中旬、文部省から、博士号を与えるから出頭せよ、との通知が留守宅に届けられた。漱石は、次の手紙を専門学務局長に出して、学位を辞退した。

「拝啓昨二十日夜十時頃私留守宅へ（私は目下表記の処に入院中）本日午前十時学位を授与するから出頭しろと云ふ御通知が参つたさうであります。留守宅のものは今朝電話で主人は病気で出頭しかねる旨を御答へして置いたと申して参りました。

学位授与と申すと二三日前の新聞で承知した通り博士会で小生を博士に推薦されたに就て、右博士の称号を小生に授与になる事かと存じます。然る処小生は今日迄たゞの夏目なにがしとして世を渡つて参りましたし、是から先も矢張りたゞの夏目なにがしで暮したい希望を持つて居ります。従つて私は博士の学位を頂きたくないのであります。此際御迷惑を掛けたり御面倒を願つたりするのは不本意でありますが右の次第故学位授与の儀は御辞退致したいと思ひます。宜敷御取計を願ひます。敬具。」

通知があって間もなく、学位の証書が送られてきたが、漱石は、これを送り返した。

文部省では驚いたにちがいない。いろいろ工作して博士になろうとする人もいるというのに、博士になぞなりたくない、ただの夏目でありたいというのである。

漱石は、喜んでとびついてくるだろう、と欲しくもない博士号をおしつけてきた文部省の、本人の意志を無視した態度に反発したのだった。この事件は、世の人々から、センセーションな注目をあびた。

四月になって、上田万年、芳賀矢一の二人が好意から当局にとりついだことから、福原専門学務局長がやってきたが、漱石は、がんとして承諾しなかった。『博士問題の成行』という文章のなかで漱石は、「博士を辞退したのは徹頭徹尾主義の問題である」といっている。彼は、博士制度は学問を奨励するための道具として政府から見れば有効であるにはちがいないけれども、博士になるために学問をするような行動を学者がするのは「国家から見ても弊害の多いのは知れてゐる」と、博士制度を批判している。この考えを、自ら身をもって示したわけである。

ひな子の急死

二月二十六日、退院することができた漱石は、六月十七日、長野で『教育と文芸』を講演した。そのあと、『大阪朝日』主催の講演会のため、八月十一日、東京を出立し、明石で『道楽と職業』、和歌山で『現代日本の開化』、堺で『中味と形式』、大阪で『文芸と道徳』を講演した。この講演旅行の間に、また胃潰瘍が発病した。帰京の翌日には痔をわるくして、手術した。胃潰瘍の方は、なおることとなく、この病が最後には、漱石のいのちとりとなったのである。

四十四年は不幸の続いた年であった。病について、今度は、末娘のひな子が、夕食を食べかけながら、急に倒れてそのまま死ぬという不幸にみまわれた。突然の愛児の死にあって、漱石は大きなショックを受けた。表を歩いて健康な小さい子供が遊んでいるのを見れば、「吾子は何故生きてゐられないのか」と思い、家のなかにあっては、外国から帰国して世帯をもちたてのときに買った炭取を見るにつけても、「いくらでも代りのある炭取は依然としてあるのに、破壊してもすぐ償ふ事の出来る炭取はかうしてあるのに、かけ代のないひな子は死んで仕舞つた。どうして此炭取と代る事が出来なかつたのだらう。」と思うのだった。彼は、『彼岸過迄』のなかで、ひな子の死を描き、「好い供養をした」と喜んだ。

愛児の急死から受けた精神的打撃は大きかった。十二月三日の日記には、次のように記されている。

「自分の胃にはひゞが入つた。自分の精神にもひゞが入つた様な気がする。如何となれば回復しがたき哀愁が思ひ出す度に起るからである。」

晩　年

「武者小路さん。気に入らない事、癪《しやく》に障《さわる》事、憤慨すべき事は塵芥《じんかい》の如く沢山《たくさん》あります。それを清める事は人間の力で出来ません。それと戦ふよりもそれをゆるす事が人間として立派なものならば、出来る丈そちらの方の修養をお互にしたいと思ひますがどうでせう。」

これは、大正四年六月十五日、武者小路実篤にあてた手紙の一節である。

すでに漱石は、『彼岸過迄』で内攻的な性格の須永を通して人間の孤独性を追求し、『行人』で地獄のような孤独感にさいなまれる夫婦の問題にメスを入れ、『こゝろ』で罪の意識をほり下げた。そして、この手紙をかいたときには、『道草』を連載中であった。大患後の作品は、人間のこころの内部により深く入り、難解さを増している。

そうした考察を続けた彼は、「気に入らない事」「癪に障る事」「憤慨すべき事」に激しい戦いをいどむことから、それらをゆるす大きな立場を理想と考えるようになっていったのだった。

『彼岸過迄』から『こゝろ』まで

明治四十五年一月一日から四月二十九日にわたってかかれた『彼岸過迄』は、大患後、最初の小説である。この作品は、八月にかき始める予定であったが、病みあがりの身体で、しかも夏の暑いさかりであったので、のびのびになっていた。

漱石は、「長い間抑へられたものが伸びる時の楽《たのしみ》」と同時に、「何うしたら例《いつも》より手際《てぎわ》よく遣つて退けられるだらうか」という苦痛も感ぜずにはいられなかった。小説の題名も、元日からかき始め彼岸過迄かく予定であったところからつけられたのだった。健康もすぐれず、難行しつつ執筆した。

この作品を発表するにあたって、自分は自然派の作家でも象徴派《しょうちょうは》の作家でもない、ネオ浪漫派の作家ではなおさらない、「自分は凡て文壇に濫用される空疎な流行語」を自分の作品の商標としたくない、「たゞ自分らしいものが書きたい丈《だけ》である」といっている。

『彼岸過迄』は、「風呂の後」「停留所」「報告」「雨の降る日」「須永の話」「松本の話」「結末」の七篇のそれぞれ独立した短編が集まって、全体として一つの長編をなす、という組み立てでかかれている。「雨の降る日」では、ひな子が死んだときのことがあつかわれている。しかし、主要部は「須永の話」以降である。主人公の須永はここで初めて直接に登場する。彼は「世の中と接触する度に内へとぐろを捲き込む性質」である。その須永と、いいなずけの千代子との交渉を主にして、恋愛と自我とのかかわりあい、嫉妬《しっと》の感情を問題としてとりあげ、近代人の孤独な悲劇を描いた。

その年の七月三十日、明治天皇が崩御になった。明治の時代に成長した漱石は、大きな衝撃を受けた。

『こゝろ』に登場する先生は、次のようにいう。

「其時私は明治の精神が天皇に始まつて天皇に終つた気がしました。最も強く明治の影響を受けた私どもが、其後に生き残つてゐるのは必竟《ひっきょう》時勢遅れだといふ感じが烈しく私の胸を打ちました。」

小説の主人公のことばがそのまま漱石の実感であるとは断定できない。しかし、漱石が明治天皇の崩御に深い感慨をもったことはたしかである。

九月、再度の痔の手術を受けた後、十月に退院し、十二月の初めから朝日新聞に『行人』を連載した。前作と同様連作形式をとっている。この作品では、自分の妻のお直《なお》さえ信じられない懐疑心の強い一郎が、自殺するか、狂気となるか、宗教に入るかする以外に道がないところにまで追いこまれる経過が細かにかかれている。『彼岸過迄』にとりあげられた嫉妬心をさらに深く追求し、懐疑の怖ろしさにおののく近代知識人の孤独な苦しみを描いている。

『行人』執筆中、大正二年一月、ノイローゼがまた悪化した。そのうえ三月には、胃潰瘍《かいよう》が再発する不幸にみまわれ、『行人』は、中絶された。

その続きの「塵労」が連載されたのは、大正二年九月のことで、同年十一月十五日、ようやく完成した。このころ、さかんに書や南画風の水彩画をかいた。後に良寛の書に強くひかれた。

十月五日、和辻哲郎にあてた手紙のなかで「私は今道に入らうと心掛けてゐます」といっている。「道」とは、晩年の理想の境地である「則天去私」と深い関係をもつものであろう、といわれている。

漱石の描いた松林

次の『こゝろ』（大正三年四月二十日―八月十一日）に登場する「先生」は、愛する女性を獲得するため、親友を裏切る、そのため親友は自殺してしまう、という過去をもっている。その罪の意識にさいなまれて、明治天皇に殉《じゅん》死した乃木大将にならうように自殺する。『門』の場合よりさらに深く罪の意識が追求されるとともに、自己をはぐくんだ明治時代は終わったのだ、という感慨がこめられている。

九月、四度目の胃潰瘍に苦しんだ。十一月の木曜会で「死は僕にとりて一番目出度い、生の時に起つた、あらゆる幸福な事件よりも目出度い」「が、自殺するほどの大膽さはないね」といったそうである。

十一月上流社会の子弟によって占められている学習院の生徒に『私の個人主義』を講演した。そこでは、

「第一に自己の個性の発展を仕遂げやうと思ふならば、同時に他人の個性も尊重しなければならないといふ事。第二に自己の所有してゐる権力を使用しやうと思ふならば、それに付随して

ゐる義務といふものを心得なければならないといふ事。第三に自己の金力を示さうと願ふなら、それに伴ふ責任を重じなければならないといふ事」

が、説かれている。当時、個人思想は危険なものとされていたが、この講演を聞いていた軍事教官が後で

「ああいう個人主義なら結構だ」といった、という話が伝わっている。

『硝子戸の中』と『道　草』　大正四年、一月十三日から二月二十三日にかけて『硝子戸の中』が発表された。木曜会で「死ほど人間の摑《つか》み得るものの中で確かなものはない」といった、といわれている（松浦嘉一『木曜会の思ひ出』による）。漱石は、今、自分の生家や幼ない日のこと、身辺のことどもをなつかしく思い出して、おちついた筆でかいている。淡々とした味わいのなかによく澄んだ美しさがきらめいている。

三月、京都旅行を楽しんだが、胃をそこねて東京からよんだ鏡子につきそわれて帰京した。

六月三日から九月十四日にかけて、唯一の自伝的長編小説、『道草』をかいた。『硝子戸の中』の最後の章で彼は、

私は今迄他《ひと》の事と私の事をごちや〳〵に書いた。他《ひと》の事を書くときには、成《な》る可《べ》く相手の迷惑にならないやうにとの掛念《けねん》があつた。私の身の上を語る時分には、却つて比較的自由な空気の中に呼吸する事が出来た。それでも私はまだ私に対して全く色気を取り除き得る程度に達してゐなかつた。嘘を吐《つ》いて世間を欺く程の衒気《げんき》がないにしても、もつと卑しい所、もつと悪い所、もつと面目を失するやうな自分の欠点

を、つい発表しずに仕舞つた。」

と、いっている。その「もつと卑しい所、もつと悪い所、もつと面目を失するやうな自分の欠点」から眼をそらせず、自己とその周囲をまじまじと見つめて、あくまでも思考的な立場に立ってかいたのが『道草』であった。この作品には、イギリスから帰国してから『吾輩は猫である』をかくまえまでの生活を、かつての養父が金をせびりにきた事件を中心に、不幸な幼児のころにまで思いめぐらし、驚くべき精細さで描き出している。そこに漱石が見たのは、人間の醜《みにく》さ、いやしさに充満した極めて暗い世界であった。

このように、自己を俎上《そじょう》にのせ、自己と周囲の人間のエゴイズムを描いた点には、自然主義文学の影響も認められよう。

右より成瀬正一，芥川龍之介，松岡譲，久米正雄

『明暗』と「則天去私」

漱石は、大正四年十二月、リューマチを病み、机にむかうことさえ苦痛に感じられるような状態にあった。芥川龍之介や久米正雄などと知り合ったのもこのころのことである。漱石は、彼らの作品をよく読み、ていねいに批評し、はげました。

大正五年一月末、湯河原の中村是公のもとへ、リューマチの治療に出かけた。湯河原は『明暗』の後半の舞台となった。

五月、胃の調子も悪くなり、一時臥《ふ》せった。

五月二十六日から十二月十四日まで『明暗』を朝日新聞に連載した。和辻哲郎にあてた手紙で、長い夏の日でも「芸術的な労力で暮らすのは、それ自身に於《おい》て甚《はなは》だ好い気持です」と、語っている。これが彼の最後の作品となり、百八十八回で中絶されたままで終わった。この作品では、主人公の津田が痔の手術を受けなくてはならないことを診断されてから十日間ぐらいの期間のことを詳細にかいている。津田には、結婚して間もない、美しいが虚栄心も強いお延《のぶ》という妻がある。津田はかつて清子という女性を愛していたが、彼女は他の男性と結婚した。お延は、小林という津田の旧友から暗示を受け夫に疑いをもつ。そして、温泉宿で津田と清子が対面する場面で中絶し、未完となっている。ここでは、自分を立てることを考え、他をかえりみないような醜い人間の姿が凝視《ぎょうし》されている。そして、そういう人々に対して、作者は、理想的な女性として清子を置いている。

漱石は、十一月十五日に富沢敬道に、

「明暗」の表紙

「変な事をいひますが私は五十になつて始めて道に志ざす事に気のついた愚物です。其道がいつ手に入るだらうと考へると大変な距離があるやうに思はれて吃驚《びつくり》してゐます。あなた方は私には能く解らない禅の専門家ですが矢張り道の修業に於て骨を折つてゐるのだから五十迄愚図《ぐず》々々にしてゐた私よりどんなに幸福か知れません、又何んなに殊勝な心掛か分りません。」

と、書き送っている。彼は、『明暗』に描いたような醜くぶつかり合う人間たちをゆるして大きく包む「道」に立ちたい、と考えた。自己にとらわれない、絶対の天の道、「則天去私」の境地にあこがれた。しかし、そこに到達するには、「大変な距離があるやうに思は」ずにはいられなかった。

死

大正五年十一月二十二日、漱石は、激しい胃の痛みから、『明暗』の原稿用紙の上にうつぶした。そこには、189と、小説の回数がかかれているのみであった。驚いて部屋に入ってきた夫人に「人間もなんだな、死ぬなんてことはなんでもないもんだな、おれはいまこうやってくるしんでいながら、辞世を考えたよ」といった。病状はますます悪化していき、二十八日には、「病人の胃部が瓢箪《ひょうたん》のようにぷくッとふくれあがった。」(夏目鏡子『漱石の思ひ出』による)主治医の真鍋嘉一郎をはじめとして、血を出すのにどうしたらよいか、とたいへんだった。この時でも漱石は、『明暗』をしきりに気にかけて、「まだ二十回分ぐらいはさきへ書いて送ってあるが、もう一週間も書かずに寝ている。まだ二十日もあいだのあることだからそのうちにはおきて書けよう、それを伝えてくれ」「もっとも医者はとめるだろうけれど、いまでも書こうと思えば書けるのだが」とさえいったという。

十二月一日の夜、夫人に「枕もとで香をたいてくれ」とたのみ、そうしてもらってから、胸の上に手を合わせて目をつぶり、一心になにか念じている様子であった。

漱石の書—則天去私

翌二日、第二回目の内出血が起こり、昏睡状態におち入った。

十二月九日、ついに悲しい事態がやってきた。子供たちは、「死にそうな人の写真をとるとなおる」という迷信をどこからか聞いてきて、それをせがんだ。夫人は、なくなるとしても記念にもなることだ、と思って居合わせた朝日新聞の写真班の人にたのんだ。

その日は土曜日であったので、子供たちは学校へいくことになった。長女は、「気が気でなくておちついて教室にいられない」といって帰ってきた。そこで近くの学校へ行っている四番目の愛子と二人があいにいくことになった。死をまえにした父を見て、愛子は、たまらなくなって泣き出した。漱石は、

「いいよいいよ、泣いてもいいよ」

といった。(夏目鏡子『漱石の思ひ出』による)男の子たちも母に連れられて父の枕もとにすわった。漱石は、ふと眼をあけて息子たちを見て笑った。それは、「未だかつて見たことのない、不思議な笑顔に違いなかった」と夏目伸六はかいている。そして、他の娘たちには、「泣くんじゃない、泣くんじゃない、いい子だから」といった。(夏目伸六『父夏目漱石』による)

そこへ、中村是公がきた。

「あなた、中村さんですよ」

と、夫人がいうと、

「中村だれ」

「中村是公さんですよ」

「ああ、よしよし」

律義な漱石は、この古い親友になにか一言でも語りたかったかも知れない。しかし、今は「ああ、よしよし」というだけであった。

鏡子夫人の回想――

「このくれがた、非常にくるしがりまして、私がちょっと座をはずしましたうちに、胸をあけて、ここへ水をかけてくれと申しますので、看護婦が霧をふきかけてやりますと、「死ぬと困るから」とかなんとかいったと思うと、そのまま目を白くしてしまって、まったく意識を失ってしまいました。急をきいて私もすぐにかけつけます。茶の間や離れにあつまってられたかたがたもつづいてかけつけられます。もうまったく死の状態です。私は水筆をとって、つぎつぎにわかれをおしむかたがたへおわたししました。しかし皆さんの顔や子供たちの顔を見ると、いまにも泣きだしそうになるので、私がここで泣いてはいけない、あくまでも気をたしかにもとうと思いまして、石のようになってじいっと遠くのほうをみつめだれをもみまいとしました。津田青楓さんが水筆で口をぬらしたまま、枕もとへ泣きふしてしまわれました。それをなだめて、今度は白いきれで目をつぶらせるようにして上からなでました。こうしてとうとう日が暮れてまもなく息をひきとりました。」

「死ぬと困るから」――それが最後のことばであった。『明暗』の完成は、死ぬまで念頭から去らなかったのだった。

門下生、内田百閒の回想——

先生が死なれた夕方から、びっくりする様な突発事と、いつまでやつても片づかない瑣末《さまつ》な用事とが、取り込んでゐる家の中を引つ掻《か》き廻し、一睡もしてゐない私の頭の中でこんがらがつた。デスマスクを取る時、先生の動かなくなつた顔に、油を塗りたくり、石膏《せつこう》を圧しつけたさうである。私は知らないのだけれど、見てゐた人の話に、引つ剥がす時に髭が釣れて、痛痛《いたいた》しかつたと云つた。その一事でも、私は一生涯忘れられない事を聞いたと思つた。大学病院で先生を解剖したら、おなかの中には、胃が破れて溢れた血が、一ぱい溜《た》まつてゐたと云ふ話を聞いた。傍に起ち合つた小宮豊隆氏は二度とか三度とか卒倒したのに、なほ最後まで見届けると云つて、その場を去らなかつたと云ふ事も聞いた。すると不意に私は、あんまりはつきりしたつながりもないのに急に泣き出しさうな気持になつて、慌てて忙がしい用事に起つて行つた。

こうして、漱石は、大正五年十二月九日、自宅で逝去、二十八日、雑司ケ谷墓地に埋葬された。享年五十歳。位牌には、あの釈宗演の筆で、「文献院古道漱石居士」と記された。

第二編

作品と解説

吾輩は猫である

『吾輩は猫である』は、明治三十八年一月から三十九年七月まで十一回にわたって『ホトトギス』に連載された。第一回きりでやめるつもりであったが、評判がよく、この作品の載った号の『ホトトギス』の売れゆきがよかったので、次々とかき続けられ今見るような長編となった。それゆえ、一貫した構成によってかかれていない。漱石は、上編の序で「此書は趣向もなく、構造もなく、尾頭の心元なき海鼠《なまこ》の様な文章であるから、たとひ此一巻で消えてなくなつた所で一向差し支へはない」といっている。しかし、回を重ねるごとに、こころのうちにたまったかかずにはいられないさまざまな鬱憤《うっぷん》が爆発し、烈しい諷刺を見せている。

この作品は、漱石の出世作となった。それだけにかきあげた後で作者自身、愛着もかなり強くもったものである。

まず、章をたどって見ていこう。

「吾輩は猫である」初版本の表紙

一

吾輩は猫である。名前はまだない。

どこで生まれたか見当もつかない吾輩は、母親、兄弟から引き離されて笹原のなかに捨てられるが、今の主人に救われて、その家に住みつくことになった。

教師を職としている主人は、学校から帰ると書斎に入ったきりほとんど出てこない。吾輩がのぞいてみると、よく昼寝している。読みかけの本の上によだれをたらしていることもある。彼は胃弱で皮膚の色もよくない。そのくせ大飯《おおめし》を食う。そのあとでタカジヤスターゼを飲む。また、この主人は、俳句や新体詩を作って雑誌に投書したり、まちがいだらけの英文をかいたり、弓にこってみたり、謡《うたい》を習ったり、時にはヴァイオリンをブーブーならしたり、なんにでもよく手を出したがるが、どれもものにならずにやめてしまって、また他のものがやりたくなるような人物である。

主人は、今度は絵をしきりにかき出すが、うまくいかない。友人の美学者に、アンドレア・デル・サルトという人は「絵をかくならなんでも自然そのものを写せ」といった、とでたらめを教えられても気がつかない。のみならず、感心して、さっそく吾輩をモデルにして写生を始めるが、これも長続きしない。

吾輩は、車屋の黒と知り合う。黒は猫仲間の大王とでもいうべきほどの体格をしている。しかし、乱暴で無学な猫なので、吾輩は「軽侮の念」をもつ。それは次第に強くなっていく。

人をかつぐことをなによりも楽しみとしている美学者は、学生に例によってでたらめなことを教えたところ、演舌会でその学生が教えたとおりのことをしゃべった、といっておもしろがっている。吾輩は、この美学者は金ぶちのめがねはかけているが、車屋の黒に似たところがある、と思う。

吾輩は、名前はまだつけてもらっていないが、生涯この家で無名の猫で終わるつもりである。

＊

以上が第一章のあらすじである。

「吾輩は猫である。名前はまだ無い」というかき出しは、決定的である。門下生の松岡譲が、「僕は」でも、「私は」でも落第で、当時の書生が政治演舌でもするような口調の「吾輩は」でなければいけない、といっているとおり、このかき出しにより全体の調子が決められたといえるであろう。

猫が人間を観察する、というそれまでに見られない新鮮なアイデアは、多くの人たちを引きつけた。猫の立場からわがままな人間に不満がのべられているところや、「吾輩」と「黒」との会話ももちろんおもしろい。しかし、それよりも、美学者のでたらめな話を見ぬくだけの学識もない者が、美事にかつがれて、公の場所で大まじめで受けうりしたり、それを聞いている百人もの人たちが皆なでたらめに気がつかないあたりが特におもしろい。

この作品は、第一回きりのつもりでかかれたので構成も整っていない。「主人」、「美学者」の名前もまだ記されていない。

「主人」は、胃弱である点、絵をかいている点など（後になるともっと出てくる）は、漱石自身と類似している。心象も作者の一面を受けているが、第一章ではまだその段階ではない。

美学者は、車屋の黒にどこか似ていると、猫に見られている。これは、彼の態度そのものに作者が肯定できなかったからである。後の方になると、この男は、とにかく俗物と対立する人物であることがはっきりしてくる。

漱石の家に猫が迷いこんできたので飼ってやったことは、実際にあった。その猫が作品の形式を考えるのに多少はヒントになったかも知れない。

また、「吾輩」が無学な車屋の「黒」に「軽悔の念」を深めるところには、学問に大きな価値をおいていた漱石の一面が感じられる。しかし、車屋だから無学である、だからろくなものではない、というようなあまりにも単純なところがあるのには、感心できない。

二

吾輩は、新年来多少有名になった。しかし、人間がすぐ猫々と軽侮《けいぶ》の口調で評価するのは、不満である。

主人は、「性の悪い牡蠣《かき》」のように書斎に吸い付いて、外界にむかって口を開いたことがない。吾輩は、主人が自分だけ達観したような顔つきをしているのを少しおかしく感じる。

吾輩は、新年の餅を食ってみるが、かみ切れず、死ぬような思いをする。それを家中の者はおもしろがって見ている。

やっと主人に餅をとってもらった吾輩は、二弦琴のお師匠さんに飼われている美しい三毛子を訪問する。気分がすぐれない時、この異性の友と話をすると、心がせいせいして心配も苦労も忘れるのが常である。

帰ってくると、寒月の紹介でやってきた越智東風というまじめそうな書生ふうの男が主人と話をしている。彼は、文学や美術が好きで朗読会を作ったので、主人にも入会をすすめにきたのである。「牡蠣的《かきてき》」主人が賛助会員の名簿を見ると、現在知名な文学博士や文学士の名前がたくさん並んでいる。そのなかに自分の名前を入れてもらうのは、主人にとって名誉であるにちがいない。会員としての義務がないのを知るやいなや、入会を承知する。

あるとき、美学者の迷亭と寒月は、奇妙な体験談を主人に話す。すると主人もまけずに体験談をやり、語り終わると義務をすましたような様子をしている。

三人の話を聞いていた吾輩は、彼等は「太平の逸民」で、超然としているようでも、彼等がいつも軽蔑している俗物どもと同じ「娑婆気《しゃばっけ》」も「欲気」もあるのを見てとる。

話を聞いているのもつまらなくなって、三毛子のところへ出かけるが、彼女が病気で死んでしまったことを知る。

＊

この章からは、いたるところに諷刺が見られる。たとえば、主人が朗読会に入会するところは、

「責任さへないと云ふ事が分つて居れば謀叛《むほん》の連判状へでも名を書き入れますと云ふ顔付をする。のみならずかう知名の学者が名前を列ねて居る中に姓名丈でも入籍させるのは、今迄こんな事に出会った事のない主人に取つては無上の光栄であるから返事の勢のあるのも無理はない。」

と、かかれている。そこから読者は、思わず笑いを誘われる。こういうユーモアは、それまでの日本の文学にないものであった。

また、三人の体験談は、次のようなものである。

迷亭の話――土手の上にたくさんの松がはえているなかに「首掛けの松」というのがある。だれでもその下に来ると首がくくりたくなるのである。枝のしなり具合が実に美的なので、自分もやってみたくなる。ところが、用事を思い出したので家へ帰って、それから出直してみると、もうだれかが先にぶらさがっていたので、できなかった。

寒月の話――知人の家で忘年会兼合奏会があり、自分もヴァイオリンをひいた。ところが、その晩からある女性が発熱し、自分の名を口ばしっているのを知らされる。吾妻橋を通りかかった時、川の底からその女

性が自分の名を呼ぶ声を聞く。「今すぐに行きます」と答えて水にとびこんだ。ところが、気がついてみると水の中とまちがえて橋のまん中へ飛びおりていたのを知る。

主人の話――細君に「摂津大掾」を見につれていってくれ、と「手詰の談判」を受けたので出かけることにした。細君は、早く行って場所をとらねばならないから四時までに行かなくてはだめだ、という。それを聞いたとたん、悪寒がして目がくらんでくる。ところが、四時をすぎて、もう行かれないことになると、たちまちなおってしまった。

この三つの話をとりあげて、山本健吉は、「いよいよ佳境に入ろうとするところで巧みに肩すかしを食わされ、それはパロディとなる」ことを指摘している。これからどうなるのかというときにとんでもない方向に話がすすみ、簡単に結末がつけられている。そこからかもし出される笑いと同時に、美的な「首掛けの松」や水の中からきこえる女性の声にひかれたり、細君にせがまれて殊勝な気持ちを起こしたりすることに対する皮肉が見られる。

しかし、この章で最も重要なのは、「吾輩」が、

「要するに主人も寒月も迷亭も太平の逸民《いつみん》で、彼等は糸瓜《へちま》の如く風に吹かれて超然と澄し切つて居る様なものゝ、其実は矢張り娑婆気《しゃばっけ》もあり慾気もある。競争の念、勝たう〱の心は彼等が日常の談笑中にもちら〱とほのめいて、一歩進めば彼等が平常罵倒《ばとう》して居る俗骨共と一つ穴の動物になるのは猫より見て気の毒の至りである。只其言語動作が普通の半可通の如く、文切り形の厭味《いやみ》を帯びてないのが聊《いささ》かの取り

得でもあらう。」

と、いっているところである。三人とも、相当の学識をもっていながら、それを生かしてうちこむ方向を発見できない。のみならず、「平常罵倒して居る俗骨共と一つ穴に」落ちこむ危険をかかえている。作者は、猫の眼を通して、このように、当時の知識階級に鋭い疑問を投げかけている。また、彼等に「聊かの取り得」を猫は認めている。そこに、「太平の逸民」に作者が好意をよせていることが読みとれる。

三

主人が天然居士の墓銘をかいているところへ迷亭がやってくる。彼は、「心配、遠慮、気兼、苦労、を生れる時どこかへ振り落した男」である。寒月もやってきて、首くくりの力学という妙な演説をやって帰っていく。そこへ近所に住んでいる実業家の細君が訪ねてくる。金田という名をなのっても、主人、苦沙弥先生にはいっこうに通じない。金田の細君は、夫が二つも三つもの会社の重役をかねていることをのべて、おそれいったか、という顔つきをする。苦沙弥先生は、博士とか大学教授とかには恐縮するが、実業家は少しも尊敬していず、実業家よりも中学校の先生の方がえらい、と信じている。それだからおそれいるわけがない。迷亭は、自分の伯父は牧山男爵である、とでたらめをいう。すると、金田の細君は、急にていねいなことばをつかい出し、おじぎまでする。

彼女は、寒月と自分の娘との間に結婚の話が起こっている、それで、寒月の日常の様子や博士になるみこみがあるか、ということなどをききに来たのだった。そして、車屋のおかみさんを売収し、いろいろ苦沙弥先生の身辺まで探らせていることを告げる。二人の会話は、「悪口の交換」のような調子になる。

金田の細君が帰ると、苦沙弥先生と迷亭はさかんに彼女の悪口をいう。彼女の異常に大きい鼻が二人の攻撃対象になる。

吾輩は、寒月に同情して金田家の様子を探りにいく。金田は、苦沙弥先生に腹をたてて細君に、同じ学校に勤めている自分と同郷のピン助やキシャゴにたのんでからかわしてやろう、などといっている。問題の娘も吾輩が声だけ聞いた様子では、細君と同じようにお里が知れそうな女である。寒月のことを「大きらいだわ、へちまがとまどいをしたような顔をして」などといっている。

吾輩が帰ってくると、寒月が来ている。迷亭は、金田の鼻の構造について論じ、この結婚の話は断念した方がよい、という。主人も「寒月君もらっちゃいかんよ」と熱心に主張する。当人の寒月は、「断念してもいいんですが、もし当人がそれを気にして病気にでもなったら罪ですから」などといっている。

すると、垣根のそばで金田にやとわれた三、四人が「高慢ちきな唐変木だ」「いくらいばったって陰弁慶《かげべんけい》だ」と大きな声でからかうのがきこえる。苦沙弥先生はおこってステッキを持って往来へ飛び出す。

＊

この章から、苦沙弥先生（主人の名がここでわかる）や迷亭たちが嫌悪している対象が明らかになる。それは、金銭の力で人を威圧し、自分に屈服させるためには、卑劣な手段も厭わない人間である。「吾輩」が苦沙弥先生の側に立つものであることは、金田の家を見た「吾輩」が、

「向ふ横町へ来て見ると、聞いた通りの西洋館が角地面《かどじめん》を吾物顔《わがものがお》に占領して居る。この主人も此西洋館の如く傲慢《ごうまん》に構へて居るんだろうと、門を這入つて其建築を眺めて見たが只人を威圧し様と、二階作りが無意味に突つ立つて居る外に何等の能もない構造であつた、迷亭の所謂月並とは是であらうか。」

と、いっていることでもわかる。

こうして、第三章では、苦沙弥先生たち、知識人のグループと、金田に代表されるような世間によく見られる俗物との対立がはっきりとかかれている。この章から作者の腰もすわってきて、批評精神が顕著になっている。

四

吾輩は、いつものように金田邸へ忍びこむ。

金田は、かつて学生時代に苦沙弥先生といっしょに下宿していた鈴木という男と話をしている。金田は、あの苦沙弥という変物が自分の娘をもらってはいかんと入れ知恵している、といって鈴木に、苦沙弥先生にあって利害をとくこと、寒月の行ないや学才についてきき出すことを依頼する。鈴木は、初めから金田に同調している男なのですぐひき受ける。

吾輩が急いで帰って、主人が細君の頭にはげがあるのを発見し、口論しているのをきいていると、果たして鈴木が、屋根のペンペン草を目標にやってくる。

鈴木は、巧みに、当人同志がいやでないならまとめてもよいではないか、というようなことをいう。「当人同志」ということばをきいて、苦沙弥先生は心を動かす。のみならず、鈴木にいいくるめられて、博士論文をかくように寒月にすすめることも承知する。吾輩は、「成程主人は単純で正直な男だ」と思う。

ところが、そこに迷亭がやってきて、「迷亭一流の喩《たとえ》を以て寒月君を評すれば彼は活動図書館である。智識を以て捏《こ》ね上げたる二十八珊の弾丸である。此弾丸が一たび時機を得て学界に爆発するなら」「活動切手抔は何千万枚あつたつて粉な微塵になつて仕舞ふさ。それだから寒月には、あんな釣り合はない女性は駄目だ。」と、いきまくので、世間的には「利口《りこう》」な鈴木は、あたふたと帰る。

＊

この章では、新たに鈴木が登場する。彼は、「入らざる抵抗は避けらるゝ丈避けるのが当世」である、「自己の思ひ通りに着々事件が進捗すれば」それで人生の目的は達せられた、とするような人物である。そして、彼は、金田がいった金を作る三角術（義理をかく、人情をかく、恥をかく）を肯定する側に立っている世俗的に利口な人物である。

これに対して、実業家の鈴木のまえで、「僕は実業家は学校時代から大嫌だ。金さへ取れゝば何でもする、昔で云へば素町人だからな」と平気でいい放つ苦沙弥先生は、全く鈴木とは対立する立場にあり、鈴木が、ある実業家からきいた三角術の話をすると、「誰だそんな馬鹿は」という。金田は、鈴木のような俗物から見れば、「利口者」であり、苦沙弥先生のような知識階級からすれば、「馬鹿」である。

しかし、「昔で云へば素町人だからな」と、実業家と「素町人」とを結びつけて、「実業家」と同様「素町人」もいやしいものとしているところには、知識のある立場から見下している姿勢が感じられる。

五

苦沙弥先生は、寝る時は必ず横文字の本を書斎から運んでくるが、二頁と続けて読んだことはない。今夜もなにかあるだろう、と吾輩がのぞいてみると、左手の親指をはさんだまま、赤い薄い本が半分開かれてころがっている。あたりはしんとして、柱時計と細君のいびきと「下女」の歯ぎしりする音だけがきこえる。この「下女」は人から歯ぎしりを指摘されても、いつでも、そんな覚えはありませんと、とがんばるのであるが、「事実は覚《おぼえ》がなくても存在する事があるから困る」。

夜もだいぶふけたころ、泥棒が入ってくる。吾輩は、主人夫婦を起してやろうとするがうまくいかない。あきらめて見ていると、以前この家の書生をしていた多々良三平がみやげにもってきた山芋を入れた箱まで、それとは知らない泥棒は、満足のていでくるんでもっていった。

翌日、巡査が来て、盗難にあった届を出すようにいっていく。細君と「喧嘩でもする様な口調」で「盗難告訴」をかいていた主人は、ついに口論となって途中でやめてしまう。

そこへ多々良三平がやってくる。彼は、実業家の卵で鈴木の「後進生」である。「先生教師抔をして居ったちや到底あかんですばい。ちよつと泥棒に逢つても、すぐ困る——一丁今から考を換へて実業家にでもなんなさらんか」という多々良に「教師は無論嫌だが、実業家は猶嫌ひだ」と答える苦沙弥は、自分はなにが好きだかこころのなかで考えている様子である。

多々良は、たのまれて寒月のことをききにきたのだったが、博士論文をかいているらしいことをきいて、主人とつれだって散歩に出かける。

その夜、吾輩は、大手柄をして、家中の者を驚かしてやろうと、鼠と「戦争」するが、失敗に終わる。

＊

この章では、泥棒の様子、苦沙弥と細君の問答、多々良三平のにくめない態度、「吾輩」と鼠の「戦争」などがユーモラスな筆でかかれていて、読者は、思わず笑ってしまう。しかし、苦沙弥先生は、自分でもなにが好きなのか考えてしまう。うちこめることがない無気力な生活を相い変わらず続けているのである。

また、「下女」が歯ぎしりするところは、

「成程寝て居てする芸だから覚はないに違ない。然し事実は覚がなくても存在する事があるから困る。世の中には悪い事をして居りながら、自分はどこ迄も善人だと考へて居るものがある。是は自分が罪がないと自信して居るのだから無邪気で結構ではあるが、人の困る事実は如何に無邪気でも滅去する訳には行かぬ。」

と、かかれている。これについて片岡良一は、「自分が無意識のうちに何を仕出すかわからぬ人間だと思うことは、自分の存在そのものに対する怖れを抱かせずには置かぬことであろうし、それを何ものかの力が人間をあやつり動かして心にもない行動に走らせるのだと思えば、人間の無力さが痛感されずにはいないことになろう。」とかいている。そこまで考えれば、笑いにみちているこの作品の奥底には、笑ってばかりいられないところ、漱石の苦いものをかんだような横顔がうかんでくる。

多々良三平が鈴木の「後進生」でありながら皮肉な眼がこの章ではむけられていないのは、苦沙弥先生に、寒月は君よりよほどえらい男だ、といわれても、「さうで御座いますか、私よりえらいですか」と、「笑ひもせず怒りも」しない生まれつきの性格や、まだ海のものとも山のものともつかない位置にいることによるものであろう。

この五章までが上編として三十八年十月に刊行された。

六

主人が昼寝しているところへ迷亭がくる。細君を相手にいつものように無駄話をしていると、主人が起きてきて、仲間に入る。寒月もやってきたので、博士論文のことをたずねると、「罪ですから可成《なるべく》早く出して安心させてやりたいのですが、何しろ問題が問題で、余程労力の入る研究を要するのですから」と、いう。彼の論文は、「蛙の眼球の電動作用に対する紫外線の影響」という奇妙なもので、そのための実験に必要な丸いガラスの玉をこしらえている。できあがるのは、「十年ぢや早い方です、事に因ると廿年位かゝります」などといっている。

迷亭は、失恋談を始める。峠のまん中の一軒屋で会った娘にひかれるが、翌朝、娘の高島田はかつらで、実はやかん頭なのを見たとたん「失恋」した、という内容である。語り終わると、「僕の失恋も苦い体験だが、あの時あの薬罐を知らずに貰つたが最後生涯の目障《ざわ》りになるんだから、よく考へないと険呑《けんのん》だよ。結婚なんかは、いざと云ふ間際になつて、飛んだ所に傷口が隠れて居るのを見出す事がある者だから。」と、寒月に忠告する。

それから、老梅《ろうばい》という男の失恋が話題になり、迷亭が「考へると女は罪な者だよ」というと、苦沙弥先生も「本当にさうだ。先達てミユツセの脚本を読んだら其うちの人物が羅馬《ローマ》の詩人を引用してこんな事を云つて居た。――羽より軽い者は塵である。塵より軽いものは風である。風より軽い者は女である。女より軽いものは無である。――よく穿つているだらう。女なんか仕方がない」と同意する。話は、明治の女性論に発展し、「方古《ほうこん》の女生徒、令嬢抔《など》は自尊自信の念から骨も肉も皮まで出来て居」る、と結論される。

東風もやってきて、「俳劇」の趣向が話題にのぼった後、彼は、金田の娘（富子）にささげる詩を発表する。苦沙弥先生も自作の短文を朗読する。

談話が下火になったころ、吾輩は、かまきりをさがしに庭へ出る。

＊

この章では、主要な人物が集まって「駄弁」をふるっている。苦沙弥先生も迷亭もうちこめるものをもてずに、こうして日を送っているのである。奇妙な研究ではあるが、寒月だけは、とにかくうちこめるものをもっている。しかも、十年以上かかる研究である。結婚のためとすればながすぎる。漱石は、学問を実際的なものとは、考えていなかった。学問はそのようなものであってはならない、としたのである。寒月のモデルは、一応寺田寅彦ということになっている。寅彦は後に理学博士となり、随筆家として有名である。しかし、苦沙弥先生と同様、その思考などは作者の分身と見た方がよい。

この作品全体に一貫している特徴とでもいうべきことは、女性に対して懐疑的で見下すような態度が顕著であることで、結婚なんかはいざとなると、「飛んだ所に傷口が隠れて居る」というところには、イギリス留学以後、特にひどくなった夫婦間の裂けめが、影響しているといえる。

東風が金田の娘に新体詩をささげるのは、「異性の朋友からインスピレーションを受ける」のが動機となっているが、寒月が「さうかなあ」といっているように、作者は、肯定的ではない。

苦沙弥先生が朗読する自作の短文は、「大和魂《やまとだましい》」についてのべたものである。「三角なものが大和魂か、四角なものが大和魂か。大和魂は魂である。魂であるから常にふらくしている」とあるように、当時あがめられていた「大和魂」を揶揄《やゆ》している。この作品が発表される前年に、日露戦争が勃発したのだった。

七

運動を始めた吾輩は、竹垣の上を渡ったり、かまきりを相手にしたりしている。

主人が銭湯へいってくると、「彼の朦朧《もうろう》たる顔色が少しは活気を帯びて晴れやかに見える」のを思い出し、吾輩は銭湯を見に出かける。そこで見たのは、「奇観」とでもいうよりほかにない光景であった。裸体の人間たちの集まりから、「丸《まる》で化物に邂逅した様」な感じを受ける。そのなかには、苦沙弥先生もまじっている。なまいきな書生を相手に大きな声で口論しているのを見て、主人の頑固は病気にちがいない、これを直すのには校長にたのんで免職にしてもらうのがよい、と思う。

帰ってみると、苦沙弥先生は、晩飯を食べている。そして細君に「おい、その猫の頭を一寸《ちょっと》撲《なぐ》って見ろ」という。吾輩は、主人が自分を鳴かせるためにぶたせるのを知り、「打つのは向ふの事、鳴くのは此方《こっち》の事だ。鳴く事を始めから予期して懸《かか》つて、只打つと云ふ命令のうちに、此方の随意たるべき鳴く事さへ含まつてる様に考へるのは失敬千万だ」と思う。鳴いてやると、主人は細君に「今鳴いた、にやあと云う声は感投詞か、副詞か何だか知つてるか」などといっている。

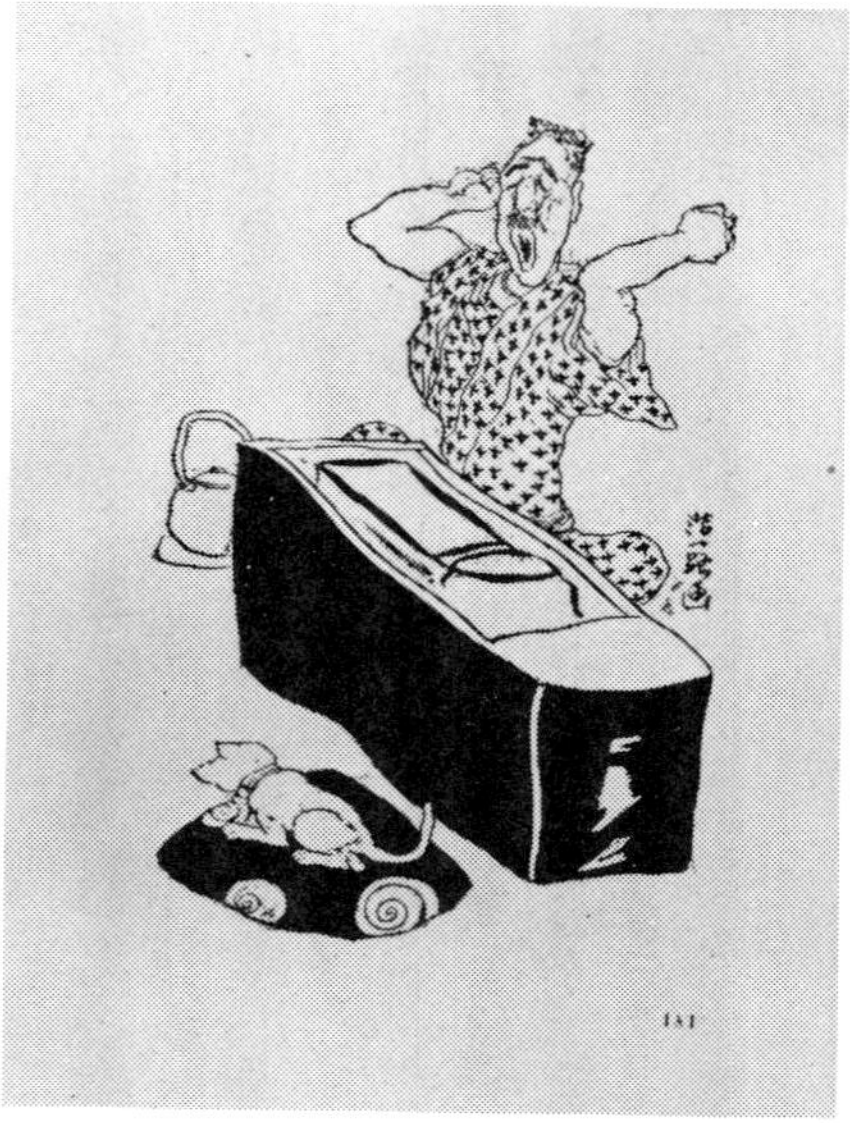

近藤浩一路えがく「吾輩は猫である」の漫画

＊

この章を笑わずに読める人はごく少ないであろう。笑わずにはいられないユーモアが「吾輩」の口からほと走るように発せられている。

気をつけて読むと、そのユーモアがいかに批評精神に支えられているかがわかる。日本人の洋装について

「西洋人は強いから無理でも馬鹿気て居ても真似なければ遣《や》り切れないのだらう」などといっているところは、説明するまでもないだろうが、人間の衣服の歴史を、「吾輩」は次のように語っている。

「猿股《さるまた》期、羽織《はおり》期の後に来るのが袴《はかま》期である。是は、何だ羽織の癖《くせ》にと癇癪《かんしゃく》を起した化物の考案になつたもので、昔の武士今の官員抔《など》は皆此種属である。かやうに化物共がわれも〳〵と異を衒《てら》ひ新を競つて、遂には燕の尾にかたどつた畸形迄出現したが、退いて其理由を案ずると、何も無理矢理に、出鱈目《でたらめ》に、偶然に、漫然に持ち上がつた事実では決してない。皆勝ちたい〳〵の勇猛心の凝つて様々の新形となつたもので、おれは手前ぢやないぞと振れてあるく代りに被《かぶ》つて居るのである。して見るとこの心理からして一大発見が出来る。夫は外でもない。自然は真空を忌む如く、人間は平等を嫌ふと云ふ事だ。」

「勝ちたい〳〵の勇猛心」は、すでに第二章で「太平の逸民」の側にも見られる危険を指摘したところにも出てきたし、第七章で今時の女性は「自尊自信の念から骨も肉も皮まで出来て居」る、とされているのと無関係ではない。近代になって個性が尊重されるようになったのは進歩であるけれども、そのあまり、「勝ちたい〳〵の勇猛心」のために醜い争いが絶えない。人間は、こころの底では平等を嫌っている、というのが本当のところなのではないか。これが「吾輩」の意見である。近代社会が発足して間もない時代の欠陥を鋭どくついている、といえる。後の章でこの問題は、さらにつっこんであつかわれている。

「吾輩」が見た銭湯の「奇観」とは、無知な人間たちの集団であった。そこから発せられるユーモアの効果はさておき、「吾輩」に漱石の心象が投影されているという点から見ると、そこに描かれている無知な人間と知識人とが社会的にどのようなかかわりあいをもっているかは、かかれていない。銭湯で見た「吾輩」の感想は、外界にむけて発した彼の嘲笑でもあったのである。

さらに、「吾輩」が、主人の頑固な病気を直すには校長に免職してもらうのがよい、なぜなら、免職は主人にとって死を意味するからである、とかいているところには、漱石の内にむけられた自嘲のような感じを受ける。

つまり、他者にある不愉快なものも、自己のなかにある不愉快なものも、笑いとばしてしまう姿勢がとられている、といえる。

また、終わりの部分の、主人がぶてば鳴くだろう、という態度をとるのに対して「吾輩」が「失敬千万だ」と腹をたてるところは、論理の内容からいって、第一編でのべた博士問題を思い出させる。こういう自由への主張、倫理感は、漱石が早くからもっていたものであった。

八

主人の家の隣には、「落雲館《らくうんかん》」という私立の中学校がある。ことばづかいもよくないそこの生徒は、さかんに苦沙弥先生をからかって、いやがらせをする。とりわけひどいのは、ベースボールの球を家の中にたたきこんでは拾いにくることである。

「大概はポカンと大きな音を立てゝ弾ね返る。其勢は非常に猛烈なものである。神経性胃弱なる主人の頭を潰す位は容易に出来る。砲手は是丈《これだけ》で事足るのだが、其周囲付近には彌次馬《やじうま》兼援兵が雲霞《うんか》の如く付き添ふて居る。ポカーンと擂粉木《すりこぎ》が団子に中《あた》るや否やわー、ぱち〱と、わめく、手を拍つ、やれ〱と云ふ。中《あた》つたらうと云ふ、是でも利《き》かねえかと云ふ。恐れ入らねえかと云ふ。降参かと云ふ。是丈ならまだしもであるが、敲《たた》き返された弾丸は三度に一度必ず臥龍窟邸《がりゆうくつてい》(苦沙弥先生の家を指す)内へころがり込む。是がころがり込まなければ攻撃の目的は達せられんのである。」

これでは常軌《じようき》をはずれている。「主人に戦争を挑む策略である」と見ぬいた吾輩は、散歩に出たときに金田と鈴木が立話をしているのに出会う。そして落雲館事件は、金田のさしがねであることを知り、「今度も亦魂膽《こんたん》だ」と思う。鈴木は、金田に相変わらず調子を合せている。彼は、金田のいいつけで様子を見にくるがさすがの苦沙弥先生も大分弱っているのを見て帰っていく。

年中かんしゃくを起こしつづけているのは変だ、と自ら思った苦沙弥先生は、医者の甘木先生の診察を受け、催眠術までかけてもらうが、ききめがない。

そこへ、山羊みたいな髯を生やした四十前後の哲学者のような男がやってくる。彼も主人と同級生である。主人が「僕は不愉快で肝癪《かんしやく》が起って堪らん。どっちを向いても不平許《ばか》りだ」と一部始終を話すと、哲学者は、「ぴん助やきしやごが何を云つたつて知らん顔をして居ればいゝぢやないか。どうせ下らんのだから。中学の生徒なんか構ふ価値があるものか。」といい、談判しても喧嘩をしてもその「妨害」はとれないことを説き、さらに、西洋人の文明は、積極的進取的かも知れないが、それでは満足は得られないこと、それよりも「根本的に周囲の境遇は動かすべからざるものと云ふ一大仮定の下《もと》に発達して居る」日本の文明の方がすぐれていることなどをのべ、このままでは金持ちに頭を下げなくてはならない仕組みになっているのに、一人で喧嘩をしようとしている、そこに苦沙弥君の不平があるのだ、といって帰っていく。

苦沙弥先生は、書斎へ入って書物も読まずになにか考えている。

＊

金持ちの手先になって卑劣な行為をするぴん助やきしやご、落雲館の生徒、車屋の夫婦、こういう「ごろつき手」は、漱石の強く嫌悪するところのものであった。苦沙弥先生はそんな連中より「遙かに上等な人間」である。にもかかわらず、哲学者のいうように苦沙弥先生は、たかが中学の生徒に手をやいてしまう。卑劣な行為に対してどうすることもできない。かんしゃくは激しくなるばかりである。

外界へのふんまんと同時に、自分自身の無力感を覚えずにはいられない。それが当時の知識人の姿であったその苦沙弥先生に哲学者は、「西洋人風の積極主義」よりも「日本の文明」のすぐれていることを説き、「心の修養をつんで消極の極に達」する境地を求めるようにすすめる。それがどういうものなのか、はっきりとはわからないが、禅と深い関係がある、といわれている。

九

主人が家中でたった一枚きりの鏡にあばた面《づら》を写して髯《ひげ》を調練しているところへ、天道公平《てんどうこうへい》という男から手紙がくる。それは、「若《も》し我を以て天地を律すれば一口にして西江の水を吸ひつくすべく」に始まり「吾の人を人と思ふとき、他《ひと》の吾を吾と思はぬ時、不平家は発作的に天降《あまくだ》る。此発作活動を名づけて革命といふ。云々」に終わる意味のわからない手紙がくる。苦沙弥先生はくり返して読んでいたが「天晴《あっぱれ》な見識」だという。吾輩は、主人に限らずわからないものをありがたがるのはよくあることなので、今度のもその口だろうと思っている。

そこへ、迷亭が伯父をつれてやってくる。伯父は、チョン髷《まげ》をつけ、鉄扇《てっせん》をいつももっているような「古風な爺さん」である。彼は、そのかっこうにふさわしい話をして迷亭を残して帰る。

話題は、まえの章に登場した哲学者、八木独仙のことになる。迷亭は、独仙が口だけはりっぱだがいざとなると自分たちと変わりはないこと、立町老梅《たちまちろうばい》が独仙の影響で気が狂って巣鴨へ収容され、今では天道公平《てんどうこうへい》と名のっていることなどを話す。

そこへ、巡査が先日の泥棒をつれてやってきて、つかまえたから先生に証人として出頭するように、と告げる。泥棒はいなせな男なので、苦沙弥先生は、巡査とまちがえて、泥棒の方にへえへえして、あとで迷亭に「君は刑事を大変尊敬する。つねにあゝ云う恭謙な態度を持つているといい男だが、君は巡査丈《だけ》に鄭寧《ていねい》なんだから困る」と、からかわれる。

迷亭が帰ってから、苦沙弥先生は、「ことによると社会はみんな気狂の寄り合かも知れない」と、考えにふけるが、なにがなんだかわからなくなって寝てしまう。

＊

日ごろ俗物を軽蔑《けいべつ》して気炎をあげている苦沙弥先生は、「巡査なぞは自分達が金を出して番人に雇って置

くのだ位の事は心得て居る」にもかかわらず、いざとなるとまるでいくじがない。その部分で、「吾輩」は

「主人のおやぢは其昔場末の名主であつたから、上の者にぴよこ〳〵頭を下げて暮した習慣が、因果となつて斯様に子に酬つたのかも知れない」

と、いっている。第一編でかいたように、漱石の父は名主であったのだから、苦沙弥先生と一致している。この一節は、むろん知識人の弱さを諷刺しているところからくる笑いを誘われる。しかし、それと同時に、こんな一節に引用した部分をつけ加えているところには、漱石の自嘲が感じられる。

苦沙弥先生にとって、自分が感心して見ならおうとしていた八木独仙、それに天道公平（実は立町老梅）が気ちがいであることを知らされたのは、ショックであった。気ちがいの説に感心したのは、自分もおかしくなっていることを意味するのではないか、と考えた。これは深刻な問題である。あわてて、周囲の人たちはどうだろう、と考えてみると、どれも正常ではないように思われ、やや安心する。そして、

「ことによると社会はみんな気狂の寄り合かも知れない。気狂が集合して鎬《しのぎ》を削つてつかみ合ひ、いがみ合ひ、罵り合ひ、奪ひ合つて其全体が団体として細胞の様に崩れたり、持ち上つたり、崩れたりして暮して行くのを社会と云ふのではないか知らん。其中で多少理窟がわかつて、分別のある奴は却つて邪魔になるから、瘋癲院《ふうてんいん》といふものを作つて、こゝへ押し込めて出られない様にするのではないか知らん。すると瘋癲院に幽閉《ゆうへい》されて居るは普通の人で院外にあばれて居るものは却つて気狂である。」

と、考える。これは、痛烈な諷刺《ふうし》である。なぜこの人間社会ではそれぞれが競争し、いがみあうのだろう。

競争心はだれでももっているけれども、その中でも「分別のある者」はかえって、もっと激しくうばい合う連中から退けられてしまう。そこに「気狂」が実は正常な人間で、一般に正常とされている人間が実は「気狂」なのだというパラドックスが成立する。(同様のものがチェホフの「六号室」という小説に見られる)

自分の利害に役だたない人を金銭の力でおしつぶそうとする金田も、金田にやとわれている「ごろつき手」も人間のあるべき姿からすれば「気狂」である。先に見たように苦沙弥先生たち「太平の逸民」の側にも俗気がぬけないところがあるが、金田一派より「遙かに上等」であるはずである。ところが世間一般からすれば、苦沙弥先生たちの方が「気狂」とされてしまう。しかも、金田に対して苦沙弥先生たちは、どうすることもできない。そこに漱石のいらだちがあった。

苦沙弥先生は問題に気づいていながら、つきつめて考えずに相変わらずの生活をつづけるばかりである。

こうして見てくると、『吾輩は猫である』の笑いの質は、第一回から次第に深められ、それにつれて沈痛な調子が濃くなってきていることがわかる。

構成の面では、苦沙弥先生の名前は、「珍野苦沙弥」(「狆《ちん》のくしゃみ」)であることがわかってくる、という具合である。

第六章から第九章までが中編にまとめられ、明治三十九年十一月に刊行された。

十

朝の食卓についた苦沙弥先生は、子供たちの顔を公平に見わたしている。三人の娘は、また大きくなったように見える。嫁にやらねばないことを思うと、「後ろから追手にせまられる様な」気がする。

子供たちはそんなことは夢にも知らず、乱暴な飯の食べ方をしている。それをよそに、一言も言わずに飯を食べ終えて揚子を使っている主人を見て吾輩は、「働きのない事」だと思う。また、人をおどろかすこととおとしいれることしか考えない当世の人より「猪口才《ちょこざい》でない所が上等」なのだ、とも思う。

主人が昨日の用件で警察へでかけた後、主人の姪《めい》にあたる雪江さんがやってきて、八木独仙が学校で演説したこと、金田の娘に艶書を送ったものがあることなどを細君に話す。

主人が帰ってくると、古井武右衛門《ふるいぶうえもん》という生徒がやってくる。話をきいてみると、金田の娘が「ハイカラで生意気」だということから仲間と艶書を送った、一人が文をかき、一人が投函し、自分は名前も借したのだが心配でしかたがない、退学処分になりはしないだろうか、と監督（今の担任）の苦沙弥先生に相談にきたのであるが、苦沙弥先生は、冷淡である。

そこへ寒月がやってくる。上野へ虎のなき声をききにいきましょう、とさそいにきたのであるが、古井が帰ってから一部始終をきくと、そりゃ近来の大できですよ、もっとわるいいたずらをしても知らん顔をしている生徒を退校させなくちゃ不公平になります、という。それもそうだね、と答えて主人は、寒月と出かけていく。

＊

この章でたいせつなのは、雪江によって伝えられる八木独仙の演説である。その内容は、次のようなものである。

昔、ある辻のまん中に大きな石地蔵があった。交通のじゃまになるので町内の人たちは、すみによせようと話し合った。最初に一番「強い男」が力ずくでどけようとしたが失敗する。次に一番「利口な」男が、食物や贋札《にせさつ》を、ほしければ取りにおいで、と出したり引っこめたりしてどかそうとしたが、これも失敗だった。三番目の男は、警官に化けておどかしてどかそうとするがやはりだめである。車屋とゴロツキをやとってわいわいさわがせても動かない。腕力も、欲望をかきたてつり出す方法も、権力も、いやがらせも地蔵さんには通じなかったわけである。

最後に、人々から「何にも知らない」とされ、相手にもされない「馬鹿竹」という名の男が「何年かゝっても地蔵一つ動かす事が出来ないのか、可哀想《かわいそう》なものだ」というのでやらせてみることになった。馬鹿竹が「地蔵様、町内のものが、あなたに動いてくれと云ふから動いてやんなさい」というと、石地蔵は、「さうか、そんなら早くさう云へばいいのに」と動き出した。

この話をしたあとで独仙は、

「人間は魂膽《こんたん》があればある程、其魂膽が崇《たた》つて不幸の源をなすので、多くの婦人が平均男子より不幸なのは、全く此魂があり過ぎるからである。どうか馬鹿竹になつて下さい」

と、結んだ。

個人が自覚されるようになると、「勝ちたい〳〵の勇猛心」、即ちエゴイスティックな気持が強くなり、それが人間社会を住みにくくしてしまうことについては、第七章でふれた。ここでは、そういう世の中をよくするためには、馬鹿竹のような正直さをもつことがたいせつである、と理想がのべられている。馬鹿竹以外の人たちのやり方には、金田や「ごろつき手」や威圧的な権力者がむすびつけられることはいうまでもない。それこそ「猪口才《ちょこざい》」であることを意味するものである。

この章の初めの部分では、「吾輩」を通して、

「役人は人民の召使である。用事を弁じさせる為めに、ある権限を委托した代理人の様なものだ。所が委任された権力を笠に着て毎日事務を処理して居ると、是は自分が所有して居る権力で、人民抔《など》は之に就て何等の喙《くちばし》を容るゝ理由がないものだ杯と狂ってくる。」

と、権力者を批判している。「自分が所有して居る権力」という考えをもつようになるのも「勝ちたいくの勇猛心」のあらわれに他ならない。

古井武右衛門に対する苦沙弥先生の冷淡な態度について「吾輩」は、「冷淡は人間本来の性質であって、其の性質をかくさうと力《つと》めないのは正直な人である」と、感想をのべている。別のところでは、「猪口才でない所が上等なのである」といっている。漱石は、苦沙弥先生を認めてやりたいのである。しかし、第八章でふれたような無力感は、苦沙弥先生が朝食をとっているささいな場面にもただよっている。のみならず、第二章にかかれているように一歩あやまれば俗物と一つ穴におちいる危険もある。こういう知識人のあり方に漱石は、どうしても疑問をもたずにはいられない、いらだたしい気持に苦しんでいたのである。

十一

苦沙弥先生の家で独仙と迷亭が碁《ご》を打っている。ものに動じないはずの独仙も勝負ごととなると、「僕は負けても構はないが、君には勝たしたくない」などといって、迷亭に「飛んだ悟道だ」と、からかわれる。

寒月は、ヴァイオリンを習い出した顚末をいつもの調子で話している。

苦沙弥先生は、ラテン語の文章を迷亭に訳させようとするが、訳せそうもないと見てとった迷亭は、君はいつもラテン語が読めるといっているじゃないか、とにげると、「読める事は読めるが、こりゃ何だい」などといっている。

いつのまにか寒月は、郷里へ帰ってそこで結婚している。玉すりも中止し、博士になる気もなくなっている。金田のやとった探偵が十人も二十人もそのことを調べているだろうから、ことわりにいく必要もない、という。「探偵」ということばをきいて苦沙弥先生は急に苦い顔をして、人の風上にもおけないような探偵のいうことをきくと癖になる、決して負けるな、と寒月をはげます。

それから、苦沙弥先生は、探偵論を展開し、「人の目を掠《かす》めて自分丈《だけ》うまい事をしやう」とする探偵も、「どうしたら己《おの》れの利になるか、損になるか」をいつも考えている当世の人も、同質の「自覚心」によっている、その「自覚心」は強くなっていくのみである、と結論する。そして、現今の「神経衰弱の国民」は、いかに死ぬるべきかを心配している。そのなかで知的なものは、「独創的な方法」で自殺するにちがいない、その数は増加する、という。

また、独仙は、「個性中心」のため「人から一毫も犯されまい」「半毛でも人を侵《おか》してやろう」とすることから、「人と人の間に空間がなくなって、生きてるのが窮屈にな」る点を指摘し、そのことから、個性が発達した「賢妻」ほど夫と衝突し、夫婦は「分《わか》れる事になる」と夫婦論をやる。

迷亭も独仙に賛成で、東風の「愛と美程尊《たつと》いものはない」とする主張を相手にしない。さらに、芸術について、「芸術が繁昌するのは芸術家と享受者の間に個性の一致があるから」なのに人々が各自特別の個性をもつようになると、人の作ったものなどおもしろくなくなるのだから、個性の自由を意味する芸術は存在できなくなる、と結論する。

議論も終わりになるころ、多々良三平がやってきて、自分が金田の娘と結婚することになった、と告げる。皆な帰った後、話をきいているうちに憂鬱な気分になった吾輩は、景気をつけるため三平のもってきたビールをのんでいい気分で歩いているうちに水の入ったかめの中に落ちてしまう。外に出られないことがわかると、もがくことをやめることにきめる。

「吾輩は死ぬ。死んで此太平を得る。太平は死ななければ得られぬ。南無阿弥陀仏々々々々々々」

＊

これが『吾輩は猫である』の最後の章である。明るい笑いで出発したこの作品も、こんな苦いものをかみしめたような感じのところにおちつかざるを得なかった。

ここでは、探偵論、夫婦論、芸術論が語られているが、どれ一つとして明るい希望をもっているものはない。それは、漱石の実感であった。これらは、明治という困難な時代の問題点をかなり明らかにしているといえるであろう。しかし、まえにものべたように数々の問題をどう解決していったらよいかを追求することなしに、すべて、笑いとばしてしまったのである。したがってその笑いもこの章を読んでもわかるように苦渋な調子が極めて濃くなっている。

独仙は、

「吾人は自由を欲して自由を得た。自由を得た結果不自由を感じて困つて居る。夫だから西洋の文明抔《など》は一寸《ちょっと》いゝやうでもつまり駄目なものさ。之に反して東洋ぢや昔しから心の修養をした。その方が正しいのさ。」

と、いっているが、「心の修養」も具体的には明らかにされないままに終わっているし、ここでとりあげられている東洋と西洋の問題も掘り下げて追求されていない。そればかりか、「吾輩」によって、「悟つた様でも独仙君の足は矢張り地面の外《ほか》は踏まぬ」と見ぬかれている。

「吾輩」は、苦沙弥先生たち「呑気と見える人々も、心の底を叩いて見ると、どこか悲しい音がする」といっている。これが、『吾輩は猫である』の知識人たちの行きついたところであった。この作品全体を通して最もよく透視し、光っているのは、「吾輩」猫の眼なのである。それは、漱石自身の眼である。

第十章、十一章がまとめられて下編として刊行されたのは、明治四十年五月であった。

以上で大体この作品の主要な点は見てきたつもりである。作者がこの作品では、問題を深く追求する困難さにかんしゃくを起こして、すべて笑いとばしてしまっていることがわかってもらえたと思う。『猫』の笑いはあたかも作中人物の迷亭がニーチェの哲学を評したことばにあるように「どうしても怨恨痛憤《えんこんつうふん》の音」を帯びずにはいられなかったのであるが、第一編にかいたように当時イギリスから帰国して一年目の苦しい時期にあった漱石は、この作品で「痛憤」を吐き出すことによって、かなり気分をすっきりさせることができたと思われる。

また、この作品が日本の文学に数の少ない「笑いの文学」であり得たのは、そこに批評精神があったからだ、ということも一言しておきたい。それゆえに、『猫』は、人生をありのままに描こうとした自然主義の作品とはちがう立場をとっている作品なのである。

坊っちゃん

『坊っちゃん』は、明治三十九年四月、『ホトトギス』に掲載され、翌年発表された『草枕』、『二百十日』とともに一冊の本にまとめられ、『鶉籠《うずらかご》』と題して刊行された。

強い正義感と竹を割ったような性格の持主である坊っちゃんが、田舎の中学校に赴任し、赤シャツを代表とする悪がしこい教師の不正と対立するが、辞職して東京に帰るまでの経過と、幼時から彼の面倒をみた、清《きよ》という奉公人のおばあさんとのあたたかく美しいこころの交流が描かれている。

構成は、極めて簡潔であるが、そこに漱石はかなりの苦心をはらったものである。坊っちゃんの正義感や純粋さが、そういうふうには生きられない今日の複雑な世の中を生きているわれわれに素朴な感動をよび起こさせる。これを読むと、漱石が人間性のな

松山中学校（漱石の奉職当時）

かでなにを最も尊重していたか、またその度合いがいかに強かったかが端的にわかる。

漱石の作品のなかで最も広く読まれ、かつ愛されている作品である。

江戸ッ子気質　親ゆずりの無鉄砲《むてっぽう》で、おれは、子供のときから損ばかりしている。小学生のとき、同級生が「いくら威張《いば》つても、そこから飛び降りる事は出来まい。弱虫やーい。」というので、学校の二階から飛び降りて見せてやったが、腰をぬかした。また、親類からもらったナイフを友だちに見せたら、「光ることは光るが切れそうもない」といわれたところから、自分の親指を切って、どんなもんだ、と見せたり、喧嘩をしたり、人参《にんじん》畑をあらしたり、ずい分いたずらをやった。

おやじは、おれを少しもかわいがってくれず、「こいつはどうせ碌なものにはならない」といい、母は、「乱暴で乱暴で行く先が案じられる」と心配した。

母が病死してから、おやじと兄と三人で暮らしていたが、「女の様な性分で、ずるい」兄と喧嘩して、おやじから勘当をいいわたされた。仕方がないと思っていたら、十年来この家に奉公している清が泣きながらおやじにあやまってくれたので、おやじの怒りが解けた。

清は、もと由緒《ゆいしょ》のある家の娘であったそうだが、維新後没落して奉公するようになった、ときいている。町内で「乱暴者の悪太郎」とつまはじきされているおれを清は、こっちがきのどくになるほどかわいがってくれた。台所で人のいない時に、「あなたは真《ま》つ直《すぐ》でよい御気性だ」と清がほめるたびに「おれは御世辞は嫌《きらい》だ」と答えるのだが、「夫《それ》だから好い御気性です」といっては、うれしそうにおれの顔をながめるのだった。

清は、おれが将来立身出世して自家用の人力車に乗り、りっぱな玄関のある家をこしらえるにちがいない、と思いこんでいた。独立したらどうか置いて下さい、となんべんもくり返してたのむので、おれも家が持てるような気がして、うん置いてやる、と返事だけはしておいた。

おやじも卒中で亡くなると、兄は、家屋敷をはじめなにもかも処分して、九州の会社へいくことになり、おれは神田に下宿した。清は、「あなたが御うちを持つて、奥さまを御貰ひになる迄は、仕方がないから甥の厄介になりませう」と決心した。

兄は、当時の金で、六百円出して、そのかわりあとはかまわない、といって九州へたった。その金を学資にあてることにしたおれは、物理学校のまえを通りかかったときに、そこの生徒募集の広告を見てすぐ入学の手続をした。「今考へると是も親譲りの無鉄砲から起つた失策だ」。

卒業後、四国の中学校の教師の口があったので、これもいつもの無鉄砲から引き受けてしまった。出立する三日前に清をたずね、田舎へいくことになったことをいうと、「非常に失望した容子《ようす》で、胡麻塩の鬢の乱れを頻《しき》りに撫でた」。

「出立の日には朝から来て、色々世話をやいた。来る途中小間物屋で買つて来た歯磨と楊子と手拭をズックの革鞄に入れて呉れた。そんな物は入らないと云つても中々承知しない。車を並べて停車場へ着いて、プラットフオームの上へ出た時、車へ乗り込んだおれの顔を眤《じっ》と見て「もう御別れになるかも知れません。随分御機嫌やう」と小さな声で云つた。目に涙が一杯たまつて居る。おれは泣かなかつた。然しもう少しで泣く所であつた。汽車が余つ程動き出してから、もう大丈夫だらうと思つて、窓から首を出して、振り向いたら、矢つ張り立つて居た。何だか大変小さく見えた。」

＊

『吾輩は猫である』の場合と同様、『坊っちゃん』が「僕は」でも「私は」でもない「おれ」という一人称でかかれているのは重要な意味をもっている。この一人称によって、ざっくばらんな素朴な全体の調子が決定された、といえるだろう。

まず、小学生の時のエピソードから、無鉄砲で負けずぎらいな坊っちゃんの性格が明らかにされる。そこには、打算、計算がない。純粋で無垢《むく》な無鉄砲さである。通りがけに見た広告によって直ちに入学をきめたり、すぐ田舎の教師の口を引き受けたりする性急さにも江戸ッ子気質《かたぎ》がよく出ている。竹を割ったような気性の坊っちゃんは、「女の様な性分で、ずるい」兄とは相入れない。こういう単純な形で坊っちゃんの天来の正義観が提示されている。

町内から乱暴者とつまはじきされている坊っちゃんのいい性格を、「あなたは真つ直でよい御気性だ」と見ているのは、奉公人の清だけである。清と坊っちゃんとの交情が美しいのも、そこに、こうすればああしてもらえるだろう、というような計算が全くないからである。この無償の愛情は、漱石があこがれてやまないものであった。作者は、清の出身に、由緒ある家の娘であった、と心づかいを見せている。

清のモデルについては、漱石自身「僕の家にも事実はあんな老婢がゐて、僕を非常に可愛がつて呉れた」といっている。また、実の親を知らずにいた不幸な少年の漱石に、それを教えてくれた下女が清のモデルとなっているとされている。

漱石は、「小供の時分には腕白者で喧嘩がすきで、よくアバレ者と叱られた」と自ら語っている。多少は坊っちゃんの性格と漱石自身のそれと似ているといえる。しかし、坊っちゃんにそのまま漱石の性格をあてはめることはできない。共感をもって描かれているが、坊っちゃんはそのまま漱石ではない。

坊っちゃんの正義感は、後の章でもっと明らかになる。それと清の無償の愛は、赤シャツに代表される悪がしこいものと対立するものとして、くっきりと、全編に美しく流れている。

チップの効果

汽船で四国に到着したおれは、野蛮なところへ来たものだ、と思った。さらに五分ほど汽車に乗り、それから車をやとって学校へついた。放課後でだれもいないので山城屋という旅館におちついた。せまくて暗い部屋に通されたおれは、うとうとして、清の夢を見た。

翌朝、こんな粗末な部屋におしこめられたのは、茶代をやらないからだろう、それに見すぼらしいかっこうをしているものだから見くびったのだろう、と気づいたおれは、五円札を一枚わたして、学校へ出かけた。

校長は、教育の精神について長談義をした。おれは、途中からとんだところへきた、と思った。この様子ではめったに口もきけなければ、散歩もできない。嘘をつくのが嫌いなおれは、だまされてきたのだとあきらめて思いきりよくことわって帰っちまおう、と思った。「到底あなたの仰《おつし》やる通りにや、出来ません、此辞令は返します」というと、校長は、狸のような眼をぱちつかせていたが、今のは只の希望である、と答えた。

それから、ひととおり、各教員にあいさつしたなかでも、赤は体に薬だ、というのでこの暑いのにフランネルの赤シャツをきている「女の様に優しい声を出す」文学士の教頭、大変顔色のわるい英語の教師、「叡山の悪僧」のようなおれと同じ教学の教師、「全く芸人風」でうすっぺらな感じの画学の教師などが印象に残った。

宿に帰ると、茶代の効能でかみさんが急にとび出してきて板の間へ頭をつけた。

おれは、清に手紙をかいてやった。教員にあだ名をつけたこともかいた。校長は狸、教頭は赤シャツ、英語はうらなり、数学は山嵐、画学はのだいこである。茶代の効能で十五畳の座敷に移されたおれが、部屋のまん中に一人で大の字に寝ていると、山嵐が授業のうち合せに来た。彼は、町はずれの下宿を周旋してくれた。いか銀というそこの主人は、骨董《こつとう》を売買していた。山嵐は、帰りに氷水をおごってくれた。

おれは、おうへいな男だ、と思っていた山嵐もわるい男ではなさそうだ、おれと同じようにせっかちでかんしゃくもちらしいと、思った。

＊

漱石は、明治二十八年、孤独な思いをいだきながら、松山中学で教鞭をとっていた。（第一編参照）。その時の体験もおりこまれている。任地についた坊っちゃんが「野蛮な所だ」といっているのは、漱石自身の感じであったろう。汽船で到着した地名は記されていないが、三津ヵ浜である。

この章では、主要な登場人物がひととおり紹介されているが、各人物のモデル考が不要であることは、第一編でふれておいた。主人公は、赤シャツやのだいこには初めからいけすかない感じをもち、山嵐には自分と同じ性格を感じている。これがのちの章では、はっきりと善玉と悪玉とにわかれてくる。

坊っちゃんは、今の五千円にあたる高額のチップをはずむ。それだから、宿のかみさんは板の間へ頭をつけたのである。今日でも見られることであるが、この時代の一般の人々には、こういう傾向は特に顕著であった。「嘘が嫌」いな坊っちゃんには、宿のものが客の外見からよい部屋があいているのにふさがっている、と嘘をついたことがしゃくにさわったのである。

校長が長談義するところは、漱石が高等師範に就職しようとしたときの体験を、いくぶんか主人公の性格や場面の状況に合わせて生かしている。坊っちゃんの正直な面がよくあらわれている、といえよう。

坊っちゃんは、任地についてすぐ清の夢を見ているし、さっそく身辺の様子を清にかき送っている。清との美しいこころの交流は、この作品に効果的に流れている。

坊っちゃんは、三津カ浜につくと、中学校のある場所を子供にたずねる。「知らんがの」という返事をきいて、「気の利かぬ田舎ものだ。猫の額程な町内の癖に、中学校のありかを知らぬ奴があるものか」と思う。そこに中学校があると思ったのは、独断である。学校が二里ほど離れたところにあることを知らされても、坊っちゃんは、自分の誤解に気がつかない。これは直線的な性格の欠点である。作者は、そのことに気をつかわずに話をすすめていく。

困ったって負けるものか

学校の様子もわかってきたおれは、毎日規則どおり仕事をして無事にすごしている。ただ、下宿の亭主が骨董品《こっとうひん》をもってきては買うようにすすめるのに辟易《へきえき》している。

ある日の晩、そばの大好きなおれは、天ぷらそばを四杯たいらげた。ところが、翌日、教室へ入ると、黒板に大きな字で「天麩羅《てんぷら》先生」とかいてある。次の授業の時には、「一つ天麩羅四杯也。但し笑ふ可《べか》らず」と、かいてある。度が過ぎているので、今度はしゃくにさわった。その次には、「天麩羅《てんぷら》を食ふと減らず口が利き度くなるものなり」とかいてある。しまつにおえない。

同様のことが次々に起こる。団子を食べれば、「団子《だんご》二皿七銭」とかいてある。実際、おれは二皿食べて七銭払った。また、温泉にいけば、手ぬぐいの色までひやかしの種になる。湯壺《ゆつぼ》が広いので泳ぐと、例のとおり、「湯の中で泳ぐべからず」とかいてある。

そのうち、宿直の順番がまわってきた。おれは、狸や赤シャツが宿直をしないでよいのが不満である。手持ちぶさたなおれは、温泉に出かける。その途中で狸に会ったら、「あなたは今日は宿直ではなかつたですかねえ」といわれた。狸は二時間まえに「今夜は始めての宿直ですね。御苦労さま」とおれに礼をいったじゃないか。腹がたった。

夜、床へついて足をのばすと、なにか両足へ飛びついたものがある。驚いて見てみると、バッタである。さっそく寄宿生をよび出して糺《ただ》してみても、「イナゴは温《ぬく》い所が好きぢやけれ、大方一人で御這入《おはい》りたのぢやあろ」などと答えるばかりである。彼等の卑劣《ひれつ》で卑怯《ひきよう》なのに、すっかり腹がたった。おれもいたずらしたものだが、自分のしたいたずらをかくすようなまねはしたことがない。

それから、また床についたおれは、清の親切が身にしみて感じられた。

すると、今度は、三、四十人の生徒が二階が落っこちるほど拍子をとって床板を踏みならす音がする。二階へかけ上がってあやまらせようとするが、部屋の戸が皆な開かない。このまますませては、江戸ッ子の名折れである。

翌朝、五十人ばかりを相手におれが押問答していると、校長がやってきて、あとで処分する、として放免してしまった。校長は、疲れたろうから授業にはおよばない、というがおれは「授業が出来ない位なら頂戴した月給を学校の方へ割戻します」と答える。狸は、蚊にさされたおれの顔を見ていたが、「大分元気ですね」とほめた。実をいうと、「賞《ほ》めたんぢゃあるまい、ひやかしたんだろう」。

＊

明朗でのびのびとしている坊っちゃんは、せまい田舎で自由にふるまえない。周囲の人たちは、今度はどんなことをするだろうか、と好奇の眼をひからせている。そのため、素朴な本来の人間性もゆがめられてしまう。坊っちゃんが「何だか生徒全体がおれ一人を探偵して居る様に」思うのももっともである。このあたりにも漱石の探偵嫌いの一端がしのばれる。

また、バッタ事件で坊っちゃんが、

「いたづら丈《だけ》で罰《ばつ》は御免蒙《ごめんこうむ》るなんて下劣な根性がどこの国に流行《はや》ると思つてるんだ。金は借りるが、返す事は御免だと云ふ連中はみんな、こんな奴等が卒業してやる仕事に相違ない」とか、「罰があるからいたづらも心持ちよく出来る」といっているところに潔癖《けっぺき》な性格と卑劣な行為への憎しみが端的にあらわれている。そして卑怯で卑劣なものと対照的に清の親切がとりあげられている。清は、教育も身分もないが「人間としては頗《すこぶ》る尊《たっ》とい」と、はっきりと記されている。漱石は、先にも見たように学問を非常に重んじた人であった。しかし、それよりも坊っちゃんの「真直《まっすぐ》な気性」と正義、清の親切が価値あるものとして優先させている。『坊っちゃん』には、こうした漱石の根本の立場が最も明確にわかりやすく示されている。

この章では、次の部分が注目される。

「宿直をして鼻垂《はなった》れ小僧にからかはれて、手のつけ様がなくつて、仕方がないから泣き寝入りにしたと思はれちや一生の名折れだ。是でも元は旗本だ。旗本の元は清和源氏で、多田の満仲の後裔《こうえい》だ。こんな土百姓とは生れからして違ふんだ。只智慧のない所が惜しい丈《だけ》だ。どうしてい〻か分らないのが困る丈《だけ》だ。困つたつて負けるものか。正直だから、どうしてい〻か分らないんだ。世の中に正直が勝たないで、外に勝つものがあるか、考へて見ろ。」

ここには、『坊っちゃん』の主要な点が記されている。「正直」をどれほど漱石が尊いものとしていたかがわかる。同時に、「正直だから、どうしてい〻か分らないんだ」とかいているところに漱石のいらだたしい憤りが読みとれる。ただし、「こんな土百姓とは生れからして違ふんだ」というところは、論理的に納得できない。江戸ッ子だから地方の人に優越している、というのは直情に過ぎる。

「困ったって負けるものか」と坊っちゃんはがんばる。その対象は、後の章でずるくてわるがしこい赤シャツたちに移っていく。

坊っちゃんの倫理

赤シャツがおれを釣にさそった。のだいこも同行するそうである。おれは、いやにきどった赤シャツも、まるで赤シャツの家来のようで薄っぺらな野だいこも嫌いだし、釣も興味がない。しかし、下手だからいかないのだ、と思われるのもしゃくだからいくことにした。

二人の会話のなかに出てくる「マドンナ」というのは、赤シャツのなじみの芸者のあだ名らしい。ひそひそ話のなかに、「又例の堀田が」とか、「天麩羅、ハ、、、、」とか、「煽動《せんどう》して」とかいうことばがきれぎれにきこえる。ないしょ話をするのなら、おれをさそわなければいい。「いけ好かない連中」だと思う。しかし、堀田（山嵐）が生徒を煽動しておれをいじめたようなことをいっているのは気にかかる。赤シャツは、おれに、きみは経験に乏しいから乗ぜられる、親切に下宿のめんどうをみてくれたりなんかしても、めったに「油断《ゆだん》の出来ない」ものがある、と暗に山嵐はよくないから気をつけろ、という。

帰宅して考えてみると、赤シャツがいうのも一応もっとものような気がする。裏表のあるやつから氷水でもおごってもらったのは、おれの顔にかかわる。

翌日、その金を返そうとするが、山嵐は受けとらない。そして、きみは乱暴であの下宿でもてあまされている、出てほしいといってきているから出てやれ、という。そんなことから二人は、仲たがいになる。

バッタ事件に関する生徒の処分などの議題で開かれた会議の席上、狸は、「条理に適《かな》はない議論」をやり、赤シャツは、寛大な処分をとってほしい、と発言する。野だは、もちろん赤シャツに同調する。おれは、わるいのは生徒だけにきまっている、と思っているが、それをうまくのべることができない。山嵐は、おれと同じ意見で、生徒を厳罰に処すべきである、と主張した。おれが喜んでいると、彼は、宿直員が温泉にいくのは大きな失体である、とつけ加えた。これは、おれがわるかったのであやまった。

＊

「正直にして居れば誰が乗じたつて怖《こわ》くはない」——これが、坊っちゃんが信じてやまないよりどころである。山嵐はよくない人物だ、と赤シャツにほのめかされた坊っちゃんが、氷水をおごられた金を気にするところでは、

「たとひ氷水だらうが、甘茶だらうが、他人から恵を受けて、だまつて居るのは向ふを一《ひ》と角《かど》の人間と見立てゝ、其人間に対する厚意の所作だ。割前も出せば夫丈《それだけ》の事で済《す》む所を、心のうちで難有《ありがた》いと恩に着るのは銭金《ぜにかね》で買へる返礼ぢやない。無位無官でも一人前の独立した人間だ。独立した人間が頭を下げるのは百万両より尊《たつ》とい御礼と思はなければならない。」

と、いっている。この考えは、そのまま、漱石の潔癖な倫理観を示すものである。

単純な坊っちゃんは、赤シャツのことばにごまかされてしまう。「夫《それ》にしても世の中は不思議なものだ。

虫の好かない奴が親切で、気の合つた友達が悪漢《わるもの》だなんて、人を馬鹿にして居る」というのが、坊っちゃんのいつわらざる気持である。彼には、まだ赤シャツのわるがしこさがまだ見ぬけないのである。

それが、バッタ事件についての会議を境に、赤シャツこそ「油断の出来ない」人物であることがわかってくる。後の章のマドンナについての事実から「悪漢」であることもはっきりしてくる。坊っちゃんは、自分がうまくいえないことを自分のかわりのようにのべてくれた山嵐にそれまでの悪感情を忘れるが、いきがかり上、折れて出ることができないでいる。しかし、自分がわるかった、と認めた点は、少しのためらいもなしに率直に皆なの前であやまっている。そこに単純な性格のよい面がはっきりと出ている。作者はそれを強調して描いている。この部分は、よく反省して自ら落第することを決心し、改めるべきは改めて大きく進歩した学生時代の漱石の、きっぱりとけじめをつける面と同質のものを感じさせる。

坊っちゃんのたたかい

おれはすぐ下宿を引き払って、うらなりの世話で萩野夫婦の家の下宿人となった。おれが出たいか銀のところへ野だが入ったのには驚いた。「世の中はいかさま師許りで、御互に乗せつこをして居るのかも知れない」。物理学校で数学を勉強するより、六百円を資本に牛乳屋にでもなればよかった、という気さえしてきた。

萩野夫婦は、いか銀とは違って、もとが士族だけに二人とも上品である。おれに対しても好意的である。萩野の婆さんの口から、マドンナはうらなりのところへ嫁にいくことになっていたのに、人の好いうらなりを赤シャツがだましてマドンナをてなずけてしまったこと、山嵐がうらなりに同情して赤シャツにかけあったがうまくかわされてしまったことを聞く。

ところへ清から長い手紙がとどいた。坊っちゃんにあげる手紙だから自分でかかなくてはすまない、と四日もかかって下書きしたこと、坊っちゃんは竹を割ったような気性だがかんしゃくが強すぎるのが心配なこと、おこずかいがなくて困るかも知れないから十円あげるということなどがかいてある。おれは、清に会いたくなった。

手紙を読んでからおれはいつものように赤手ぬぐいをぶら下げて温泉にいく。駅でうらなりに会い、たまらなくかわいそうに思う。温泉へいくらしい赤シャツとマドンナを見かけたからである。帰る途中、野芹川の土手で、おれは月の光ではっきりとマドンナを認めた。赤シャツは、「あっ、」といってあわてて女をうながして温泉町の方へ引き返していった。

翌日、赤シャツは、うらなりが自分の希望もあって転任することになった、後任の人もきまっているが、きみの待遇を上げてやろう、という。ところが、下宿の婆さんの話で、うらなりは月給が増すよりもここにいたいのに、赤シャツが策略でじゃまなうらなりを転任させたことを知る。おれは、すぐ増給をことわった。

＊

坊っちゃんには、ようやく赤シャツが卑怯《ひきょう》で卑劣な人間であることがわかってくる。山嵐の方がはるかに人間らしい。しかし、一銭五厘の氷水の金が障壁《しょうへき》になって仲直りできない。

下宿の婆さんに赤シャツと山嵐とどっちがいいのかきいてみると、「つまり月給の多い方が豪《えら》いのぢやらうがなもし」という。このような価値基準が坊っちゃんにどれだけ無縁であるかはいうまでもない。また、赤シャツから月給を上げてもらうのを坊っちゃんがことわることにすると、婆さんは「大人《おとな》しく頂いて置く方が得」だ、といって止める。これは婆さんからすれば親切から出た行為である。坊っちゃんはもちろん「月給は上がろうと下がらうとおれの月給だ」と正義の立場をつらぬく。こうして見ると、婆さんと坊っちゃんとの間には大きな距離があることがわかる。赤シャツがよくない人間だとわかっていながら、月給の額によって価値をきめる婆さんは、「卑怯」や卑劣に対立する坊っちゃんにとって「聞いたって仕方がない」無知な存在である。また作者は、婆さんのようなのが一般の人の立場である、としているようである。坊っちゃんのがんばりは敬服すべきものであるが、そういう一般の人とつながりをもとうとしないがんばりである。したがって、がんばりは個人的なものに終始している。

坊っちゃんは、清のいうようにかんしゃくが強く、そそっかしいので赤シャツにうまくいいのがれられてしまう。しかし、もう坊っちゃんは、ごまかされない。弁舌で「遣り込められる方が悪人とは限らない」。「金や威力や理窟で人間の心が買へる者なら、高利貸でも巡査でも大学教授でも一番人に好かれなくてはならない。中学の教頭位な論法でおれの心がどう動くものか。」

と、いっている。こういうところを読むと、坊っちゃんの反逆が『吾輩は猫である』の苦沙弥先生と同じところから発せられていることがわかる。

純粋なこころ

うらなりの送別会のある日の朝、山嵐によって、いか銀はよく偽ものの骨董品を売りつけるような悪い奴だ、ということがわかった。おれと山嵐は和解した。一銭五厘はおれのがま口に入れた。山嵐は会津っぽである。強情なわけだ。おれが「今度の事件は全く赤シャツが、うらなりを遠ざけてマドンナを手に入れる策略なんだらう」というと、山嵐は、「無論そうにちがいない。あいつは大人しい顔をして、悪事を働いて、人が何か云ふとちやんと逃道を拵らへて待つているんだから、余つ程奸物だ。あんな奴にかゝつては鉄拳制裁でなくつちや利かない」と瘤《こぶ》だらけの腕をまくって見せた。

送別会で山嵐は、うらなりが「心にもない御世辞を振り蒔《ま》いたり、美しい顔をして君子を陥《おとしい》れたりするハイカラ野郎は一人もない」樸直《ぼくちょく》の気風の延岡《のべおか》へ転任するのは祝すべきことである、と痛快な送別の辞をした。

戦争の祝勝日、おれと山嵐は、中学と師範学校の生徒との喧嘩をとめようとしてまきこまれてしまう。それは新聞種になった。ところが、それも赤シャツの策略によるものであることがわかった。

山嵐は、狸によばれて辞表を出せ、といわれた。辞表を出した山嵐は、おれと二人で温泉町の宿屋の二階で張り込みをした。八日目、前の角屋へ芸者が二人入った。しびれをきらせて待っていると、果たして赤シャツと野だがやってきて角屋へ入った。

朝の五時までがまんして出てくるのを待ったおれと山嵐は、二人の後をつけてついに田圃道で赤シャツと野だをとらえた。さんざんとっちめておれはかんしゃくのあまり野だに玉子をぶっつけた。七つばかりたたきつけたので野田は顔中黄色になった。山嵐は、赤シャツに談判したのち「貴様の様な奸物はなぐらなくっちゃ、答へないんだ」といってぽかぽかなぐった。おれも野田をたたきそえた。赤シャツも野だも松の根方にうずくまって逃げようともしなくなった。

下宿へ帰ったおれは、荷作りし、浜の港屋で山嵐といっしょになった。赤シャツには、今夜五時までここにいる、逃げも隠れもしないから訴えたければ訴えろ、といってある。二人とも訴えてこなかったので山嵐と大笑いした。その夜、おれと山嵐は、この「不浄な地」を離れた。山嵐とはすぐ別れたきり、今日まで会わない。

東京へ着くとおれは、すぐ清のところへいくと、「あら坊つちゃん、よくまあ、早く帰つて来て下さつた」と、涙をぽたぽた落とした。

その後、街鉄の技手になったおれは、清といっしょに暮した。

「清は玄関付きの家でなくつても至極満足の様子であつたが気の毒な事に今年の二月肺炎に罹《かか》つて死んで仕舞つた。死ぬ前日おれを呼んで坊つちやん後生だから清が死んだら、坊つちやんの御寺へ埋めて下さい。御墓のなかで坊つちやんの来るのを楽しみに待つて居りますと云つた。だから清の墓は小日向《こびなた》の養源寺にある。」

簡潔な文章に清と坊っちゃんの美しいこころのふれあいがこめられている右の引用でこの作品は終わっている。

坊っちゃんが、山嵐が会津の産であることを知って「強情な訳だ」というところがある。会津は、有名な白虎隊でわかるように、最後まで徳川幕府に忠節をつくした気骨のある藩である。また、まえの章に明らかなように、清は由緒のある家の娘である。漱石は、血統や伝統にかなり重きをおいている。

「おれが組と組の間に這入つて行くと、天麩羅だの、団子だの、と云ふ声が絶へずする。而も大勢だから、誰が云ふのだか分らない。よし分つてもおれの事を天麩羅と云つたんぢやありません、団子と申したのぢやありません、それは先生が神経衰弱だから、ひがんで、さう聞くんだ位云ふに極まつている。こんな卑劣な根性は封建時代から、養成した此土地の習慣なんだから、いくら聞かしたつて、教へてやつたて、到底直りつこない。」

最後のところは直情的で困るが、「神経衰弱だから云々」というところに注意していただきたい。坊っちゃんは、だれが見ても「神経衰弱」とは縁の遠い性格である。しかしもう一つ考えてみると、そこに作者の心象がうかがえることがわかる。地位や金の力によって策略をめぐらし人間性を圧迫し虐げるもの、そういうものに加担する輩が坊っちゃんの敵である。これは『吾輩は猫である』によく見られるものである。（たとえば、『猫』の落雲館の生徒と同様の眼が中学の生徒にむけられている。）そういう人たちに追従するもの全体への対立意識から漱石は、ノイローゼになっていたのである。そこからくる憤りをこの作品で小気味よくたたきつけている。

坊っちゃんと山嵐が、赤シャツと野だいこをこっぴどくやっつけるところは、極めて爽快《そうかい》である。思わず胸がすっとする。しかし、坊っちゃんは、任地にいられない。そこに止まって赤シャツを代表とする悪なるものと戦うことはできなくなるわけである。

こうしてみると、『坊っちゃん』は、『吾輩は猫である』の範囲を出たものとはいえない。しかし、『猫』よりも、もっと整理されてかかれた作品で、作者のモラルが最も端的に表われているといえるのである。また、善玉悪玉がはっきりしているため赤シャツや野だいこがやや類型的なうらみはあるが、特色はよくとらえているし、たたみかけるような軽快な調子は、読者の快感をよばずにはおかない。

作者は、自己のモラルを主人公に托しているが、大きな距離をおいて、客観的に描いている。先にものべたように、坊っちゃんは作者自身ではない。

坊っちゃんはいささかの躊躇《ちゅうちょ》もなく正義を行動に移していく。そこには、妥協を知らない純粋なところがある。人間は、そういうものにあこがれながらも、今日の複雑な社会のなかにあって、いろいろな事情で坊っちゃんのようには一日も暮していけない。『坊っちゃん』は、そういう悲しい人間の郷愁をかきたてずにはおかない作品である。

また、ここに見られる本当の意味でのユーモアは、日本の近代小説に極めて乏しい。その意味でも認めるべき作品である。

草枕

『草枕』は、明治三十九年九月、代表的な文芸雑誌『新小説』に掲載され、四十年一月、『坊っちゃん』『二百十日』と共に作品集『鶉籠』に収められた。旺盛な創作欲がみなぎっていた漱石は、わずか十日前後でこの作品をかきあげた。このことから、漱石の熱の入れかたがかなり激しいものであったと推察できる。

熊本時代に旅した高良山や小天温泉を舞台に、「非人情」の旅をする画家の世界を通して、当時の作者の芸術観や東洋的な境地がよくうかがえる初期を代表する作品である。

「非人情」の世界

山道を登りながら、画家は、ひばりの鳴声や菜の花の美しさに心をとめた。そこには、いささかも浮世の苦は感じられない。うれしくて胸がおどるばかりである。「非人情」の芸術の境地に思いをめぐらせているうちに、しとしとと、春の雨が降ってきた。

やっと峠の茶屋についた画家は、そこのお能の高砂《たかさご》に似ている婆さんから、那古井の温泉宿のお嬢さんで那美という名の女性の話をきいた。村には、二人の男から同時に求愛されて、どちらになびくか迷った末、淵川に身を投げて死んだ美しい長良《ながら》の乙女の伝説がある。那美さんは、長良の乙女のような哀しいさだめの持ち主で、二人の男にたたられ、むりに親がとりきめた方の男と結婚したが、やがて那古井に帰ってきたのだった。

那古井の宿についた日の夜、「月の光を忍んで朦朧《もうろう》たる影法師が居」るのを見た。これが、画家が那美さんを見た最初である。

翌朝、画家は、那美さんの表情に、「悟りと迷《まよい》が一軒の家に喧嘩しながらも同居して居る」ような不一致を感じる。そして、そこに「不幸に圧《お》しつけられながら、其不幸に打ち勝たうとして居る」不仕合せな女性を見た。また、床屋の親方から、那美さんが世間一般から「狂印《きじるし》」とされるような行為をしたことをきく。画家は、那美さんを「非人情」にふさわしい対象として、距離をおいてながめている。

やがて、鏡が池の自然を味わいつつ思いをめぐらしている時に、「こんな所へ美しい女の浮いてゐる所をかいたら、どうだらう」と思う。昨日、「私が身を投げて浮いて居る所を——苦しんで浮いてる所ぢやないんです——奇麗《きれい》な画にかいて下さい」と、冗談《じょうだん》にいった那美さんのことばが「うねりを打って記憶のうちに寄せてくる」。那美さんの顔がその画に最もよく似合うようであるが、なんだかもの足らない感じもする。いろいろ考えた末、那美さんの表情には、「神の知らぬ情で、しかも神に尤《もっと》も近き人間の情」である「憐《あわ》れ」の念が少しもないことに気がつく。画家は、「ある咄嗟《とっさ》の衝動で、此情があの女の眉宇《びう》にひらめいた瞬間にわが画は成就《じょうじゅ》するだらう」と、思う。しかし、いつそれが見られるか見当もつかない。

そのうちに画家は、那美さんが野武士のような男に財布を渡しているところを見る。男が去った後、那美さん自身から彼が「離縁された亭主」であることを知らされる。今はおちぶれてしまっているその男は、那美さんからもらったお金で満洲にいくのである。「御金を拾ひに行くんだか、死にゝ行くんだか、分りません」という彼女の口元には、「微《かす》かなる笑の影が消えかゝりつつある」。

日露戦争に応召する那美さんの従弟《いとこ》の久一をいっしょに停車場に見送りにいった画家は、久一と同じ汽車の窓から、野武士のような男が名残《なごり》おしげに首を出しているのを見る。彼と顔を見合した那美さんは、茫然《ぼうぜん》として見送っている。「其茫然のうちには不思議にも今迄かつて見た事のない「憐れ」が一面に浮いてゐる」。画家は思わず、「それだ！それだ！それが出れば画になりますよ」といった。画家の胸中の画面は、「此咄嗟《とつさ》の際に成就したのである」。

＊

「山路《やまみち》を登りながら、かう考へた。

智に働けば角《かど》が立つ。情に棹《さお》させば流される。意地を通せば窮屈だ。兎角《とかく》に人の世は住みにくい。

住みにくさが高じると、安い所へ引き越したくなる。どこへ越しても住みにくいと悟った時、詩が生れて、画が出来る。」

この有名なかき出しを読者は、どこかで見たりきいたりしたことがあるであろう。この第一章には、画家の芸術観が展開されている。

この世の中は、理知にたよっても、人情の流れにまかせても、意地を張ってみても住みにくいようになっている。できるだけ住みよいところへ引っ越してみても、住みにくいようにしたのは、神でも鬼でもないただの人間なのだから、住みにくいことに変わりはない。それがよくわかったとき、住みにくいところをくつろげて、「束《つか》の間《ま》の命を、束の間でも住みよく」する詩人や画家の使命が明らかになる。あらゆる芸術家は、住みにくい人の世をのどかにし、人の心を豊かにする故に尊とい。だから、画家が求めるは、「世間的の人情を鼓舞《こぶ》する様なもの」ではなく、「俗念を放棄して、しばらくでも塵界《じんかい》を離れた心持ちになれる」芸術の境地である。そして、西洋の詩は、「人事が根本になるから」こうした解脱《げだつ》した境地を知らない。そこへいくと、東洋の詩歌は、たとえば、中国の詩人陶淵明《とうえんめい》の詩に見られるようにこの解脱した境地に達している。

この画家の芸術観は、当時の漱石のそれであった。

「住みにくき世から、住みにくき煩《わずら》ひを引き抜いて、難有《ありがた》い世界をまのあたりに写すのが詩である、画である。あるは音楽と彫刻である。」

というところは、この芸術観の中心となっている。ここでは、現実の世界とは別に、美の世界のみを見出し、それが芸術である、としている。この考えは、当時さかんになってきた自然主義が現実を暴露すること、「すなわち住みにくき煩《わずら》ひ」をもっぱらあつかうことを前提としていたのと全く対立する見解であった。

漱石は、「汚なくとも、不愉快でも、一切無頓着《むとんちゃく》」な普通の小説に不満の意を表わし、「小説は美を離るべからざるものとすれば、現に、美を打ち壊《こわ》して構《かま》はぬものに、傑作と云はれるもののあるのは可笑しい。」

と、のべている。『草枕』は、こうして自然主義と対立する気持ちもあってかかれた作品である。しかし、漱石は、自然主義の文学を認めなかったのではない。同じ文章のなかで、

「普通にいふ小説、即ち人生の真相を味はせるものも結構ではあるが、同時にまた、人生の苦を忘れて慰《い》藉《しや》するといふ意味の小説も存在してい丶と思ふ。私の『草枕』は、無論後者に属すべきものである。」(『余が「草枕」』)

とかき、自然主義の文学の存在も一応認めたうえで、『草枕』の意義を明らかにしている。そして、この作品を「俳句的小説」とよび、「文学界に新しい境域を拓く訳である」とその抱負のほどを示している。

第一章は、議論が大部分をなしている。作者は、同じ談話で、

「私の作物は、や丶もすれば議論に陥るといふ非難がある。が、私はわざとやつてゐるのだ。もしもそれが為に、読者に与へるい丶感じを妨《さまた》げるやうではいけないが、これに反して、却つて之を助けるやうならば、議論をしようが、何をしようが、構はぬではないか。要するに、汚ないことや、不愉快なことは一切避けて、唯《ただ》美しい感じを覚えさせさへすればよいのである。」

といっている。この立前から、さらに第二章以下がかかれている。

第二章の峠の茶屋の場面には、俳味があふれていて、よく知られている。第十一章の観海寺を訪れる場面には、漱石が参禅したときの体験が生かされ、味わい深いものとなっている。第七章の入浴場面も美しいが、総じて、自然を描写したところには、おちついた澄んだ美しさが光っている。

しかし、この作品で最も注目すべき存在は、那美さんである。那美さんを登場させた意図は、「非人情」の美学が人間を対象としたら具体的にどういうことになるかを明らかにするところにあった。

画家は、那美さんをまず次のように見る。

「口は一文字を結んで静《しず》かである。眼は五分のすきさへ見出すべく動いて居る。顔は下膨《しもぶくれ》の瓜実形《うりざねがた》で、豊かに落ち付きを見せてゐるに引き易《か》へて、額《ひたい》は狭苦《せまくる》しくも、こせ付いて、所謂《いわゆる》富士額《びたい》の俗臭を帯びて居る。のみならず眉は両方から逼《せま》つて、中間に数滴《すうてき》の薄荷《はくか》を点じたる如く、ひく〱焦慮《じれ》て居る。鼻ばかりは軽《けい》薄《はく》に鋭どくもない、遅鈍《ちどん》に丸くもない。画にしたら美しからう。かやうに別れ〱の道具が皆一癖《ひとくせ》あつて乱調にどや〱と余の双眼に飛び込んだのだから迷ふのも無理はない。」

そして、さらに、次のように感じる。

「軽侮の裏に、何となく人に縋りたい景色が見える。人を馬鹿にした様子の底に慎《つつし》み深い分別がほのめいてゐる。才《さい》に任《まか》せ、気を負へば百人の男子を物の数とも思はぬ勢の下から温和《おとな》しい情けが吾知らず湧いて出る。どうしても表情に一致がない。悟りと迷が一軒の家に喧嘩をしながらも同居して居る体《てい》だ。此女の顔に統一の感じのないのは、心に統一のない証拠で、心に打ち勝たうとして居る顔だ。不仕合《ふしあわせ》な女に違《ちがい》ない。」

こういう那美さんを、画家は、距離をおいた「非人情」の立場を守って鑑賞するようにながめている。そして、鏡が池で那美さんを画にしようと思ったとき、なにかが那美さんの表情に不足していることに気がつく。それは、「憐れ」という感情であった。那美さんの表情から生ずる冷徹なものが「非人情」の美学の対象にふさわしかったのであるが、そういう形だけの世界には、あきたらなさを覚えずにはいられなかったのである。

だから、画家は、最後のところで、別れた夫を見送る那美さんの顔に「憐れ」が「一面に浮」かぶのを見ると、「それだ！それだ！それが出れば画になりますよ」と、いうのである。

漱石は「非人情」の世界を見ることにつとめようとしたが、やはり、美しくはあるが冷たい感じの那美さんに「憐れ」の感情を求めていたのだった。「非人情」の世界を保ち得るぎりぎりのところでこの作品は終っている。

「唯美しい感じを覚えさせせさへすればよい」という考えでかかれた『草枕』は、当然第十一章でふれられている次の部分を極力さけている。

「世の中はしつこい、毒々しい、こせくした、其上づうくしい、いやな奴で埋《うずま》つてゐる。元来何しに世の中へ面《つら》を曝《さら》して居るんだか、解しかねる奴さへゐる。しかもそんな面《つら》に限つて大きいものだ。浮世の風にあたる面積の多いのを以て、左も名誉の如く心得てゐる。五年も十年も人の臀《しり》に探偵をつけて、人のひる屁《へ》の勘定をして、それが人世《じんせい》だと思つてる。」

これは、『吾輩は猫である』に顕著に見られるところである。こういう暗い気持や憤りが強く漱石の胸にあったから、「人生の苦を忘れて、慰藉するといふ意味の小説」、『草枕』がかかれたのである。

三　四　郎

『三四郎』は、明治四十一年九月一日から同年十二月二十九日まで朝日新聞に連載された。漱石は、『三四郎』という題名は新聞小説には適さない、と考えて別に『青年』『東西』『平々地』と三つあげて朝日新聞社の人によいと思うのを選んでほしいと依頼した。八月十九日の朝日新聞にこの作品の予告文が掲げられたときには、『三四郎』にきめられていた。森鷗外の『青年』は、この作品に刺激されてかかれた、といわれている。

漱石のかいた予告文は、次のようなものであった。

「田舎の高等学校を卒業して東京の大学に這入つた三四郎が新らしい空気に触れる。さうして同輩だの先輩だの若い女だのに接触して、色々に動いて来る。手間《てま》は此空気のうちに是等の人間を放す丈である。あとは人間が勝手に泳いで、自《おのず》から波瀾が出来るだらうと思ふ。さうかうしてゐるうちに読者も作者も此空気にかぶれて是等の人間を知る様になる事と信ずる。もしかぶれ甲斐のしない空気で、知り栄《ばえ》のしない人間であつたら御互に不運と諦《あきら》めるより仕方がない。たゞ尋常である。摩訶不思議《まかふしぎ》はかけない。」

作者は、三四郎が自らの青春を形成していく過程を描くとともに、そのために必要な「空気」や人物をできうるかぎり「かぶれ甲斐」のあるものにしたかった。それから、また、わざとらしさのない自然なものにしよう、と意図したのである。

「迷へる羊」

熊本から上京する無垢《むく》な青年、三四郎は、汽車に乗り合せた女と思いがけず同宿するはめになる。女に「あなたは余《よ》つ程度胸《ほどどきよう》のない方ですね」といわれた三四郎は、「二十三年の弱点が一度に露見した様な心持」になってしょげてしまうが、「是から東京に行く。大学に這入《はい》る。有名な学者に接触する。趣味品性の具《そなわ》つた学生と交際する。図書館で研究する。著作をやる。世間で喝采《かつさい》する。母が嬉《うれ》しがる。」と、未来を想像しているうちに元気をとりもどす。また、東京行の車中で知己を得た「神主じみた男」(広田先生であることが後にわかる)から、日露戦争後の日本を鋭く見つめた国を思う意見をきく。「囚《とら》はれちや駄目だ。いくら日本の為を思つたつて贔屓《ひいき》の引倒《ひきだお》しになる許《ばかり》だ」ときいたときには、本当に野蛮な熊本を出たような心持ちがした。

東京にきた三四郎は、その土地の「劇烈な活動」にすっかり驚いて置きざりにされる不安を感じる。大学で先輩の理学者の野々宮を訪ねた帰り、池のほとりで見かけた女性にうっとりするが、眼が合ったとき「あなたは度胸のない方ですね」といわれたのと似かよった感じをもち、おそろしくなる。(この女性が、ヒロインの美禰子《みねこ》である)

三四郎には、三つの世界が開けてくる。第一は、母やお光さんが住む「平穏《へいおん》である代りに寝坊気《ねぼけ》てゐる」

ような世界で、立退場《たちのきば》のようなものである。第二は、学問の世界で、ここには広田先生や野々宮がいる。第三は、美禰子のような美しい女性のいるはなやかな世界で、「春の如く盪《うご》いて」いるが、三四郎には、近づきがたい。

三四郎は、野々宮の妹、よし子の病室に袷を届けにいき、そこで同じ病室を訪れた美禰子に会う。よし子の笑顔に「なつかしい暖味《あたたかみ》」を見るが、彼は、美禰子の方に魅力を感じる。三度目にめぐりあったのは、広田先生の引越しを手伝いにいった日である。広田先生は、門下生で三四郎の友人である与次郎から「偉大なる暗闇」とされている人物で、相当な学識の持主である。与次郎は、先生が「もう少し流行《はや》るものを読んでもう少し出婆婆《でしゃば》つて呉れると可《よ》いがな」といっている。三四郎は、美禰子と親しくなる。

美禰子、広田先生、野々宮兄妹と、団子坂の菊人形を見にいった日、三四郎は、美禰子から「迷へる羊《ストレイシープ》」ということばをきく。彼女に心をうばわれた三四郎は、その意味を知りたい気持ちにかられる。後に美禰子からきた絵はがきから、ストレイ・シープのなかに自分もはいっていることを知らされ快感を感じるが、彼女が野々宮と結婚するような様子を見せることもあって、自分が馬鹿にされているような気がする。

与次郎は、広田先生を大学の教授にする工作をするが失敗に終わる。

美禰子は、よし子と結婚することになっていた野々宮の友人と結婚する。二人は最後に教会の前で会う。「結婚なさるさうですね」という三四郎に、美禰子は、「われは我が愆《とが》を知る我が罪は常に我が前にあり」とききとれないぐらいかすかな声でいう。「それを三四郎は明《あきら》かに聞き取つた。三四郎と美禰子は斯様《かよう》にして分《わか》れた」。

しばらくまえから、美禰子は、画家の原口さんに肖像を描いてもらっていた。彼女が自分でポーズをとったその絵が完成し、展覧会に出品されると、皆な（登場人物のすべて）見にきた。三四郎は、「森の女」というその絵の題が悪い、と与次郎にいった。「ぢゃ、何とすれば好いんだ」ときかれて、ただ口のなかで「迷羊《ストレイシープ》、迷羊《ストレイシープ》」とつぶやくのだった。

＊

この作品の第一章は、以下の章を暗示している。まず、爺さんは、「一体戦争は何の為にするものだか解らない。後で景気でも好くなればだが、大事な子は殺される、物価は高くなる。こんな馬鹿気《げ》たものはない。世の好《い》い時分に出稼ぎなどゝ云ふものはなかつた。みんな戦争の御蔭だ。」といい、また、ここではまだ名前を明らかにされていない広田先生は、「こんな顔をして、こんなに弱つてゐては、いくら日露戦争に勝つて、一等国になつても駄目ですね」、「亡びるね」という、いずれのことばにも日露戦争後の日本を鋭く見つめ、国を思う漱石の考えや気持ちがこもっている。封建時代の因習が残っている田舎から出てきた三四郎は、広田先生のことばをきいて、「真実に熊本を出た様な心持」がすると同時に、そういうことに全く気がつかなかった自分を「非常に卑怯であつた」と悟る。三四郎は、早くも「新らしい空気」に触れたのだ。

さらに、車中で知った女から「あなたは余《よ》つ程度胸《ほどどきよう》のない方《かた》ですね」と評されている。これは、主人公の善良な性格を示すとともに、ヒロインの美禰子を初めて見かけるところに効果的に生かされている。

東京についた三四郎は、新しい時代をむかえて「劇烈な活動」を続けている「現実世界」にすっかり驚く。それは、熊本の生活では、少しも接触していなかったものである。さらに、

「自分は今活動の中心に立つてゐる。けれども自分はたゞ自分の左右前後に起る活動を見なければならない地位に置き易へられたと云ふ迄で、学生としての生活は以前と変る訳はない。世界はかやうに動揺する。自分は此動揺を見てゐる。けれどもそれに加はる事は出来ない。自分の世界と、現実の世界は一つ平面に並んで居りながら、どこも接触してゐない。さうして現実の世界は、かやうに動揺して、自分を置き去りにして行つて仕舞ふ。甚だ不安である。」

と、感じる。そして、作者は次のことを指摘している。

「明治の思想は西洋の歴史にあらはれた三百年の活動を四十年で繰返してゐる。」

三百年もの活動の末、形成された西洋の文明に比べて、日本の明治の文明はわずか四十年そこそこで作られている。しかも、西洋のそれをやたらに模倣する方法で行なわれたのである。この大きな時代の欠陥が、『三四郎』のさみしい結末の原因をなしているのであるが、この点については、後にのべることにする。

さて、不安な三四郎のまえに現われた三つの世界のうち、第一の世界は、すでに過去のものである。ここには、母やお光さんがいる。三四郎がひどくまいったとき、あたたかくむかえてくれるし、また、いつでも帰ることができる「立退場《たちのき》」として三四郎とつながりをもっている。第二の学問の世界には、広田先生や野々宮がいる。特に広田先生は、寺とその隣に建てられた青ペンキ塗りの西洋館を見て、「時代錯誤《アナクロニズム》だ。日本

の物質界も精神界も此通りだ」といい、同様のものをあげて、「二つ並べて見ると実に馬鹿気てゐる。けれども誰も気が付かない、平気でゐる。是が日本の社会を代表してゐる」と時代の欠陥を見ぬいている。こういう眼が、本当の日本の近代をつちかってきたのである。

若い三四郎にとって魅力的なのは、きらびやかではなやかな第三の世界である。ここには、美禰子や野々宮の妹のよし子がいる。

三四郎は、最初、美禰子に大学の池のほとり（この池はその後、この作品に描かれたことに因んで「三四郎池」と名づけられた）で見とれたとき、汽車の女に「あなたは度胸のない方ですね」といわれたのと同じような感じをもった。このことは、やがて三四郎が彼女になやまされることを暗示している。そして、彼は、小さな声で「矛盾だ」という。彼にはまだ自己のすすむべき道がはっきりわかっていない。

「大学の空気とあの女が矛盾なのだか、あの女を見て、汽車の女を思ひ出したのが矛盾なのだか、それとも未来に対する自分の方針が二途《ふたみち》に矛盾してゐるのか、又は非常に嬉しいものに対して恐を抱く所が矛盾してゐるのか、――この田舎出の青年には、凡《すべ》て解らなかつた。たゞ何だか矛盾であつた。」

三四郎は、新しい時代に正しく適応した学問が望まれ、また、解放を求める「新しい女」があらわれてきている時代の気運をはっきりと感じとれないでいるのである。

美禰子に広田先生の移転先で出会った三四郎は、彼女から次のようなものを感じとる。

「何か訴へてゐる。艶なるあるものを訴へてゐる。さうして正しく官能に訴へてゐる。けれども官能の骨を透《とお》して髄に徹する訴へ方である。甘いものに堪へ得る程度を超えて、烈しい刺激と変ずる訴へ方である。甘いと云はんよりは苦痛である。卑《いや》しく媚《こ》びるのとは無論違ふ。見られるものゝ方が是非媚《こび》たくなる程に残酷な眼付である。」

ここに、美禰子を造型した作者の一つの視点が感じられる。この後、三四郎は、さんざんに美禰子に翻弄される。彼女は、無意識のうちにそういう行為をする女性である。

第一章で広田先生が三四郎に「囚《とら》はれちゃ駄目《だめ》だ」ということばは、この作品全体に流れている。第六章の集会の場面で、学生がする演説のなかに、

「我々は西洋の文芸に囚《とら》はれんが為に、これを研究するのではない。囚《とら》はれたる心を解脱《げだつ》せしめんが為に、これを研究してゐるのである」

とある。これは、漱石自身の意見であった。

三四郎は、「見られるものゝ方が是非媚《こび》たくなる程に残酷な眼付《めつき》」をした美禰子に「囚はれ」てしまう。こうして見ると、「囚《とら》はれちゃ駄目だ」という広田先生のことばはなかなか広い意味に使われているといえよう。それは、漱石の青年への警告であると同時に、自己の信ずるところでもあった。

集会で演説する学生は、また、次のようにいっている。

「社会は烈しく揺《うご》きつゝある、社会の産物たる文芸もまた揺《うご》きつゝある。揺《うご》く勢《いきおい》に乗じて、我々の理想通りに文芸を導くためには、零砕なる個人を団結して、自己の運命を充実し発展し膨脹しなくてはならぬ」

このように、「烈しく揺《うご》」く社会から生じたものは、大学のなかにも入り込んでいたのである。同じ章で、与次郎は、美禰子を評して、「イブセンの女の様な所がある」といい、広田先生は、「イブセンの女は露骨だが、あの女は心《しん》が乱暴だ。尤も乱暴と云つても、普通の乱暴とは意味が違ふが。」と、いっている。『人形の家』で有名なイブセンは、新しい女性の解放を描いた作家である。当時の日本の思想、文芸は、イブセンから大きな影響を受けていた。与次郎は、

「イブセンの人物に似てゐるのは里見の御嬢さん許《ばかり》ぢやない。今の一般の女性はみんな似てゐる。女性ばかりぢやない。苟《いやし》くも新しい空気に触れた男はみんなイブセンの人物に似た所がある。たゞ男も女もイブセンの様に自由行動を取らない丈《だけ》だ。腹のなかでは大抵かぶれてゐる」

また、ずっと後の章では、美禰子は「夫として尊敬の出来ない人の所へは始から行く気はないんだから、相手になるものは其気で居なくつちや不可《いけ》ない。」といっている。こういうところを読むと、美禰子もまた同じ烈しい社会の動きのなかから生まれた近代的な女性であることがわかる。

しかし、封建性を根強く残し外形のみ西洋の文明を模倣していた蕪雑《ぶざつ》な時代においては、まだまだ「自由行動を取」れるような条件に欠けていた。

美禰子は、よし子と結婚する予定になっている男と結婚する。三四郎をなやませ、野々宮の仕事を尊敬していたであろう彼女の結婚の相手は、そんな男になってしまったのである。

広田先生を大学の教授にしようとする与次郎の運動も失敗する。だが、この場合は与次郎の軽薄さを漱石

は、広田先生を通じてはっきりと強く戒めている。

「悪気《わるぎ》で遣られて堪るものか。第一僕の為めに運動をするものがさ、僕の意向も聞かないで、勝手な方法を講じた勝手な方針を立てた日には、最初から僕の存在を愚弄してゐると同じ事ぢやないか。存在を無視されてゐる方が、どの位体面を保つに都合が好いか知れやしない」

「あんな馬鹿な文章は佐々木より外に書くものはありやしない。僕も読んで見た。実質もなければ、品位もない、丸で救世軍の太鼓の様なものだ。」「徹頭徹尾故《こ》意だけで成り立つてゐる。」

総じて、広田先生には、漱石の考えがもっとも濃く託されているようである。

さて、美禰子は、三四郎に「われは我が愆《とが》を知る。我が罪は常に我が前にあり」と告げてさみしげに去っていく。三四郎は彼女の結婚の対象ではなかった。にもかかわらず、無意識に三四郎の魂を引きつける行為を次々にして彼をなやませた。その態度を聖書の「詩篇」の一節を引いてわびたのである。

三四郎は、美禰子の肖像をまえに、「羊《ストレイ》迷《シープ》、迷《ストレイ》羊《シープ》」とつぶやく。このことばは、烈しく動いていながら、古い因習や道徳が根強く残っている時代の迷子、という意味に解釈できる。

以上、見てきたように。『三四郎』には、多くの問題があつかわれている。しかし、作者が主力をそそぎ込んだのは、美禰子の造形であった。森田草平の『媒煙』事件における平塚雷鳥からヒントを得たことは、第一編でのべておいた。それにもう一つ、美禰子を「無意識《アンコンシアス》の偽善者《ヒポクリット》」として創造した動機には、ズーデルマンの『アンダイイング・パスト』という作品を読んで感心し、そこに出てくるフュリシタスという女性につ

いて、

「私は此の女を訳して「無意識《アンコンシアス》な偽善家《ヒポクリツト》」——偽善家と訳しては悪いが——と云つた事がある。その巧言令色が、努めてするのではなく、殆ど無意識に天性の発露のまゝで男を擒にする所、勿論善とか徳とかの道徳的観念も、無いで遣つてゐるかと思はれるやうなものですが、こんな性質をあれ程に書いたものは外に何かありますかね、——恐らく無いと思つてゐる」

といっていることがあげられる。ここでは、「無意識《アンコンシアス》の偽善者《ヒポクリツト》」が、「道徳的観念」とは別のものであることが、注意される。

「無意識《アンコンシアス》の偽善者《ヒポクリツト》」は、自分が愛情をもっている女性を友人にとりもって、自らを破滅に導く次の作品『それから』の主人公、代助に受継がれていく。

作者は、美禰子が、解放を求めながらも、古い因習や道徳のためにさみしげに去っていく暗さをつとめて押さえている。漱石の他の作品にくらべて掘り下げられていない感が強いが、青春小説として、今日読んでも、みずみずしい作品である。

こゝろ

『こゝろ』は、大正三年四月二十日から八月十一日まで、朝日新聞に連載された。単行本にまとめて岩波書店から刊行するにあたって、漱石はそこの店主にたのまれ、広告文に「自己の心を捕へんと欲する人々に、人間の心を捕へ得たる此作物を奨《すす》む」と、記した。

装幀《てい》は、それまでは専門家に依頼していたが、「今度はふとした動機から自分で遣《や》つて見る気になつて、箱、表紙、見返し、扉及び奥付の模様及び題字、朱印、検印ともに、悉《ことごと》く自分で考案して自分で描いた」と、自序にかいている。

この作品は、『先生と私』『両親と私』『先生と遺書』の三編より成り立っている。そのうち、最後の『先生と遺書』は、他の二編よりず

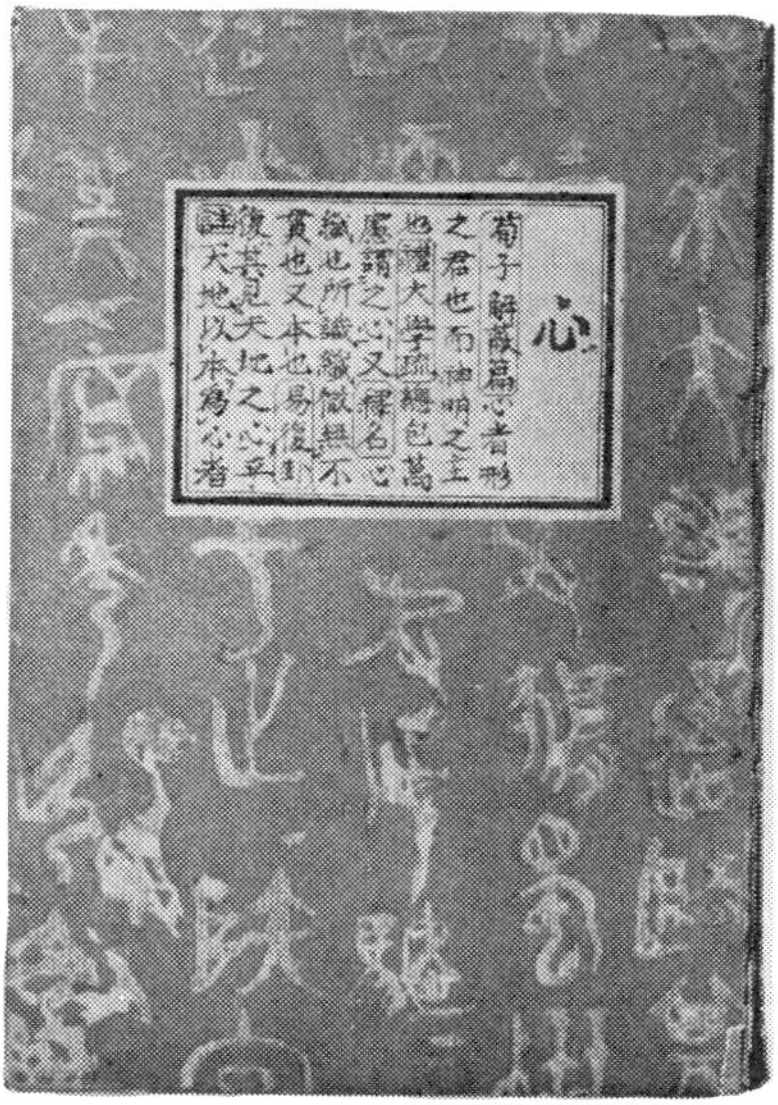

「心」の表紙

っと重い比重がかけられ、密度もはるかに濃いものになっている。短編を積み重ねて、全体としてまとまった一編の長編小説を形成する、という方法は、すでに、『彼岸過迄』(明治四十五年)『行人』(大正二年)に見られるところであった。

『三四郎』であつかわれたアンコンシアス・ヒポクリシー(無意識の偽善)は、『それから』の代助に受け継がれた。自己の偽善に気がついて、自分の本当のこころにしたがおう、とした代助は、世間の掟にぶつかって、深い不安におち入る。代助と三千代との関係は、次の『門』の宗助とお米に受け継がれる。人妻であったお米を愛して結婚した宗助は、自分の愛情を貫ぬいたわけである。その意味では、二人は愛情のかよい合った幸福な夫婦である。しかし、二人は、罪の意識にさいなまれないではいられない。

「彼等は人並以上に睦ましい月日を渝《かは》らずに今日から明日へと繋いで行きながら、常は其所に気が付かずに顔を見合はせてゐる様なものの、時々自分達の睦《むつ》まじがる心を、自分で確《しか》と認める事があつた。その場合には必ず今迄睦まじく過ごした長の歳月を溯のぼつて、自分達が如何な犠牲を払つて、結婚を敢てしたかと云ふ当時を憶ひ出さない訳には行かなかつた。彼等は自然が彼等の前にもたらした恐るべき復讐の下《もと》に戦《おのゝ》きながら跪《ひざま》づいた。同時に此復讐を受けるために得た互の幸福に対して、愛の神に一瓣《いちべん》の香を焚く事を忘れなかつた。彼等は鞭《むちう》たれつゝ死に赴くものであつた。たゞ其鞭《むち》の先に、凡《すべ》てを癒やす甘い蜜の着いてゐる事を覚つたのである。」

そうして、お米のまえの夫と会いそうになる不安から、宗助は、こころの平安を求めて参禅するが、それを得られずに帰る。お米のまえの夫と顔を合せる危機が過ぎて、お米が「本当に難有《ありがた》いわね。漸くの事春になつて」と云うと、「うん、然し又ぢき冬になるよ」と、宗助は答えるのである。

こうして、以上の二つの作品では、自分の本当のこころにしたがおうとすれば、世間の掟にそむくことになる、という問題があつかわれた。作者の眼は、そういう世間の掟の根源をつきとめようとするよりも、人間のこころの内面を深く見つめるようになった。それが『門』では、罪の意識を大きくとりあげるようになっている。

大患後の作品『彼岸過迄』、『行人』では、嫉妬《しっと》の感情があつかわれている。「世の中と接触する度に内へとぐろを捲き込む性質」の須永は、「一つ刺戟を受けると、其刺戟が夫から夫へと廻転して、段々深く心の奥に喰ひ込んで行く」人物である。彼が、何事につけても「恐ろしい事丈知」るのに対して、彼の愛している千代子は、「恐ろしい事を知らない」女性である。二人は、愛し合っていながら、その相違のため結ばれない。須永は、千代子ともし結婚すれば、「妻の眼から出る強烈な光に堪へられないだらう」と考えて、結婚する気になれないのにもかかわらず、高木という男があらわれると、激しい嫉妬を覚え、「千代子の見てゐる前で、高木の脳天に重い文鎮を骨の底迄打ち込」む自分を幻想する。そして、千代子は嫉妬する資格のない須永に「貴方は卑怯だ」と訴えるのである。

次の『行人』の一郎は、「美的にも倫理的にも、智的にも鋭敏過ぎて」そのために「自分を苦しめに生れて来たやうな結果に陥」るような男である。彼は、周囲の人を誰も信じられない。妻のお直のこころもわからない。そのうえ、弟の二郎がお直を好きなのではないか、という疑惑に苦しむ。そして、「現在自分の眼前に居て、最も親しかるべき筈の人」、お直の「心を研究しなければ、居ても立つても居られない必要」から、二郎に妻の節操を試させる異常な行為に出る。「初めから運命なら畏《おそ》れないといふ宗教心を、自分一人で持つて生れ」、「其代り他《ひと》の運命も畏れないといふ性質の」お直をまえにして、「たゞ考へて、考へて、考へる丈《だけ》」の一郎は、ついに「死ぬか、気が違ふか、夫《それ》でなければ宗教に入るか」する以外にないところにまで追いこまれる。

こうした人間のこころの奥底に「我執」を見た漱石が、『行人』のあとを受けてかいたのが『こゝろ』であった。

『先生と私』

鎌倉の海岸で先生と知り合った私は、先生をよく訪問するようになった。「私は淋しい人間です」という先生には、「近づき難い不思議」があったが、それでいて、「何うしても近づかなければ居られない感じ」があり、そういう先生が私をとらえたのだった。

先生は、毎月一回、必ず一人で友人の墓をおまいりするのを習慣としていた。先生の美しい奥さんから、先生がまだ大学生のころ、大変仲のよい友人が卒業する少しまえに急死して、それからだんだん、先生は「世間的に活動」することのない陰欝《いんうつ》な性質の人になったことをきいた。先生がおまいりするのは、その友人の墓であった。先生とその友人との間になにがあったのかは、奥さんにもわからない。奥さんは、それで苦しんでいるのだった。先生は、奥さんとの美しい恋愛の裏に「恐ろしい悲劇」をもっていたのである。それがどんなに先生にとってみじめなものであるかは、奥さんには全く知られていなかった。

あるとき、先生は、「恋は罪悪です。」といった。そのことばの意味は私にわからなかったが、友人の墓に詣でることと深いつながりがあるらしい。

また、先生は、郷里の父の病気を見舞ってきた私に、「君のうちに財産があるなら、今のうちに能く始末をつけて貰つて置かないと不可《いけない》と思ふがね」と、くり返してすすめた。

私の眼にうつる先生は思想家であった。そこには「自分自身が痛切に味《あじ》はつた事実、血が熱くなつたり脈《みやく》が止まつたりする程の事実」がこめられていた。

先生は、過去に血のつづいた親戚のものからあざむかれた悲痛な体験をもっていて、そのために「彼等が代表してゐる人間といふものを、一般に憎む事を覚えた」のである。

先生は、その時期がきたら、先生の暗い過去を残らず私に話してくれることを約束した。

私は、卒業した日の晩飯を先生の家でごちそうになった。食卓には、いつものとおり、純白のテーブルクロースがかけられてあった。そのときに、先生は奥さんに、もしおれの方が先に死んだら、おまえはどうする、とたずねた。奥さんは、口ごもった。「先生の死に対する想像的な悲哀が、ちよつと奥さんの胸を襲つたらしかつた。」

郷里へ帰る汽車のなかで、私は、その会話を思い出し、どっちかが先に死ぬとはっきりわかったならば、先生はどうするだろう、奥さんはどうするだろう、と考えた。「死に近づきつゝある父を国元に控へながら、此《この》私が何《ど》うする事も出来ないやうに」先生も奥さんも「今のやうな態度でゐるより外仕方がないだらう」と思われた。「私は人間を果敢《はか》ないものに観じた」。

＊

ここではまず、私が先生にひかれていく様子がかかれている。

「人間を愛し得る」「愛せずにはゐられない」先生は、あたたかいこころの持ち主である。同時にまた「自分の懐《ふところ》に入らうとするものを、手をひろげて抱き締《し》める事の出来ない」不幸をもった「淋しい人間」である。そういう先生に深くひきつけられて、私は先生の許を訪れるのである。そして、病気にかかっている実の父を見舞い、その相手をしていても、思いは、間もなく東京の先生の方へとんでいく。肉体のなかにも血のなかにも先生の力やいのちがくいこみ、流れているのを感じた私は、「父が本当の父であり、先生は又いふ迄もなく、あかの他人であるといふ明白な事実を、ことさらに眼の前に並べて見て、始めて大きな真理でも発見したかの如くに驚ろ」くのである。

次に、先生の墓参と、先生と奥さんの様子とにより、なにか先生の過去に暗い事件があったことが知らされる。奥さんは、それが先生の大学時代の親友の急死に原因していることは知っている。しかし、先生とその友人との間にどんなことがあったかはわからない。先生は、それを決して語らないのである。そして、私が墓地で見た先生の表情には、「判然《はっきり》云へない様な一種の曇《くもり》」があり、私が墓参に一緒につれていってくれ

るようにたのんだときには、「迷惑とも嫌悪とも畏怖《いふ》とも片付けられない微《かす》かな不安らしい」ものを眼にうかべる。そして、

「私は世の中で女といふものをたつた一人しか知らない。妻以外の女は殆んど女として私に訴へないのです。妻の方でも、私を天下にたゞ一人しかない男と思つて呉れてゐます。さういふ意味から云つて、私達は最も幸福に生れた人間の一対であるべき筈です」

と、いう。「あるべき筈」なのにそうでない。その理由や原因を先生は、じっと自分一人の胸におさえこんで誰にも語らない。孤独をかみしみて生きているのである。そのことが、奥さんを苦しい思いにかりたてる。

先生は私に「とにかく恋は罪悪ですよ、よござんすか。さうして神聖なものですよ」というが、恋は罪悪であるということと、恋は神聖なものである、ということとは相反しているように思える私には、その意味がわからない。

こうして、読者は、「私」を通して先生の暗い過去とはなんだろうか、それは、どのような事情によるのだろうか、とひきつけられていく。

先生は、その一端を語る。

「私は他《ひと》に欺《あざ》むかれたのです。しかも血のつゞいた親戚のものから欺《あざ》むかれたのです。私は決してそれを忘れないのです。私の父の前には善人であつたらしい彼等は、父の死ぬや否や許しがたい不徳義漢に変つたのです。私は彼等から受けた屈辱と損害を小供の時から今日迄脊負《しよ》はされてゐる。」

「私は彼等を憎む許《ばかり》ぢやない、彼等が代表してゐる人間といふものを、一般に憎む事を覚えたのだ。」

このことで、私に先生が「君のうちに財産があるなら、今のうちに能く始末をつけて貰つて置かないと不可《いけ》ないと思ふがね」といったことばの意味が大体わかってくる。しかし、先生、その友人、奥さんの三人がどのようなつながりをもっているか、また、先生の奥さんにも話さない秘密はどういうことなのかは、すべて先生の孤独な沈黙のなかにぬりこめられたままである。

「平生はみんな善人なんです、少なくともみんな普通の人間なんです。それが、いざといふ間際《まぎわ》に、急に悪人に変るんですから恐ろしいのです。だから油断《ゆだん》が出来ないんです」という先生のことばが、強烈な意味をもって迫ってくるのは、『先生の遺書』まで待たねばならない。また、純白のテーブルクロースが重要なものを暗示していることものちに明らかになる。

『両親と私』

私が郷里に帰ると、病床についている父は、予期していた以上に喜んでくれた。しかし、私は、父が喜ぶほど珍しくもない卒業を「口で祝つてくれながら、腹の底でけなしてゐる」先生の方が高尚に見えるのだった。

父母は、私のために卒業祝をし、客をよぶ相談をした。私は、「あんな野鄙《やひ》な人を集めて騒ぐのは止せ」ともいいかねて、あまり大げさだから、とばかり主張して、できるだけやめさせようとするが、父のおだやかな懇願のまえに「拘泥《こだわ》らない頭」を下げた。卒業祝の日どりのこないうちに明治天皇の御病気の報知があって、父は、「まあ御遠慮申した方が可《よ》からう」といった。それで卒業祝はとりやめになった。

崩御の知らせが伝えられるころには、父の元気も次第に衰えていった。就職をせずにいる私に、父は、「卒業した以上は、少くとも独立して遣《や》つて行つて呉れなくつちや此方《こっち》も困る」といい、母は、先生に就職の口を世話してもらうよう頼んでみるとよい、としきりにすすめた。私は、手紙を先生に出すが、一週間たっても返事はこなかった。

「私は時々父の病気を忘れた。いつそ早く東京へ出てしまはうかと思つたりした。其父自身もおのれの病気を忘れる事があつた。未来を心配しながら、未来に対する所置は一向取らなかつた。私はついに先生の忠告通り財産分配の事を父に云ひ出す機会を得ずに過ぎた。」

私が上京するまぎわになって、父の病気は、突然わるくなっていった。出発をのばした私は、父の死んだあとのことを想像するとともに、一方では先生を思いうかべた。先生と父とは、地位、教育、性格が全く異なっているのだった。

そのうち、先生から電報がとどいた。ちょっと会いたいが来られるか、というのがその文面であった。母は、「屹度《きっと》御頼《たの》もうして置いた口の事だよ」と、推断した。父が危篤状態にあるときに上京することはできないので、いかれない、と返電し、細かい事情を手紙に記して出した。

私が、いよいよ父の上に最後の瞬間がきたのだ、と覚悟するころ、先生からぶ厚い手紙がきた。ひろい読みする余裕もない私の眼に結末にちかい部分がはいった。

「此手紙があなたの手に落ちる頃には、私はもう此世には居ないでせう。とくに死んでゐるでせう」

今までざわざわと動いていた胸が一度に凝結したように感じた私は、置手紙をして、東京行の汽車に飛び乗った。そして、袂《たもと》から先生の手紙を出して、やっと最後まで読んだ。

＊

郷里へ帰った私は、古い習慣にこだわっている田舎の人々と自分との間に距離を感じるばかりである。私は、「飲んだり食つたりするのを最後の目的として遣つて来る」田舎の客が嫌いで、「自分のために彼等が来るとなると、私の苦痛は一層甚しいやうに想像され」るので、卒業祝などやつて欲しくない。父は、「呼ばないと又何とか云」われることをおそれている。母は、「御前だつて世間への義理位は知つてゐるだらう」という。田舎の人と自分との距離を感じる私が思いをむけるのは、東京にいる先生である。その先生の受けとり方も父母と私とでは当然異なるのである。郷里の人たちから、「大学を卒業すればいくら位月給が取れるものだらう」とか「まあ百円位なものだらう」とかいわれたりした父は、そういう人たちに対して「外聞の悪くないやうに、卒業したての私を片付けた」く思っている。母は、先生に就職の口を世話してもらうとよい、とすすめる。そういうふうにしか先生を受けとれない。

「其先生は私に国へ帰つたら父の生きてゐるうちに早く財産を分けて貰へと勧める人であつた。卒業したから、地位の周旋をして遣らうといふ人ではなかつた。」

こうして、田舎の人や世間一般の人の考え方との相違を示すことによって、先生の立場が私を通して語られている。

私は病床の父に対してとりたててなにをしてやるのでもない。時々父の病気を忘れることさえある。そして、「いつそ早く東京へ出てしまはうか」と思ったりする。病床の父のそばにいるのは、私にとってたまらないほど退屈である。それに反して、先生と話をしているときには、少しもあきないのである。私は、先生の過去にどういうことがあって、先生をあのような厭世家《えんせいか》にしてしまったのかを知りたいと思っている。そして、先生が自らの死を知らせた手紙の一部を見て、胸が凝結したような衝激を覚え、危篤におち入っている父を置きざりにして、先生の許へかけつけるのである。

この章は、主題から最も遠い章であり、ここに見られる知識人と地方人との距離という問題は、深く追求されないままに終わっている。そして、『先生と遺書』で『こゝろ』の最も重要な主題である、罪の意識の問題が極めて濃い密度で追求される。

『先生と遺書』

「私は暗い人世の影を遠慮なくあなたの頭の上に投げかけて上ます。然し恐れては不可《いけま》せん。暗いものを凝《ぢつ》と見詰めて、その中から貴方の参考になるものを御攫《おつか》みなさい。私の暗いといふのは、固《もと》より倫理的に暗いのです。」

こうして、先生の懺悔が始まる。

二十歳にならないとき、両親と死別した先生は、叔父の世話になる。叔父は、策略で自分の娘すなわち先生の従妹《いとこ》と結婚するように先生に迫る。先生がことわると、叔父の一家のものは、皆な先生に対してうって変わった態度になる。結局、叔父に財産をごまかされてしまった先生は、それ以来、人を信用しなくなる。そして、故郷を離れ、叔父の顔を見まい、とこころに誓ったのだった。

両親の残してくれた財産の幾分かをもった先生は、生活するのに不自由はなかった。それで、東京の大学に通うのに騒がしい下宿を出て、素人下宿に移った。その家には、軍人の未亡人と一人娘と下女しかいなかった。そして、先生は、そのお嬢さんに「殆んど信仰に近い愛」をもつようになった。

そこへ、友人のKという男が入り込むようになった。Kは、先生と中学生のときから仲よしで、大学も同じだった。実家から勘当されたKは、「ただ学問が自分の目的ではない、意志の力を養つて強い人になるのが自分の考《かんがへ》だ」と主張する精神主義の人物である。独力で自己を支える「過度の労力が次第に彼の健康と精神に影響」するようになり、歩みののろいことから、Kは、ひどいいらだちにかられていた。先生は、彼の気分をおちつけてやるのが第一だ、と考えて、強い人になるためにはなるべく窮屈な境遇に身をおかなくてはならない、と考えているKを自分の下宿へすすんで連れてきたのだった。

ところが、Kとお嬢さんとは次第に親しくなっていき、先生は嫉妬《しっと》に苦しむことになる。ある日、Kの重々しい口から、お嬢さんに対するせつない恋をうちあけられた。先生は、「呼吸をする弾力性さへ失はれた位に堅く」なるが、すぐ、気分をとりもどし、「失策《しま》つた、先を越されたな」と思った。Kは、「道のためには凡《すべ》てを犠牲にすべきものだ」と考えているのだから、恋そのものでも道のさまたげになる。先生はそれを禁欲という程度に思っていたがKに「精神的に向上心のないものは、馬鹿だ」ということばを投げつけて、Kの善良な人格につけこみ、彼の恋のゆくてをふさごうとした。そうして、下宿の奥さんに「御嬢さんを私に下さい」とたのんで、承諾を得ることに成功してしまう。そして、「おれは策略で勝っても人間としては負けたのだ」という感じが胸のなかに渦巻いて起こるのを覚えるが、自尊心からKにあやまれない。先生とお嬢さんが結婚することになったのを知ったKは、自殺してしまう。

卒業して半年もたたないうちに、先生は、お嬢さんと結婚した。二人は幸福そうに見えた。しかし、先生の幸福には「黒い影」がつきまとっていた。

「私はたゞ人間の罪といふものを深く感じたのです。其感じが私をKの墓へ毎月行かせます。其感じが私に妻の母の看護をさせます。さうして其感じが妻に優《やさ》しくして遣れと私に命じます。私は其感じのために、知らない路傍の人から鞭《むち》うたれたいと迄思つた事もあります。斯うした階段を段々経過して行くうちに、人に鞭たれるよりも、自分で自分を鞭つ可きだといふ気になります。自分で自分を鞭つよりも、自分で自分を殺すべきだといふ考へが起ります。私は仕方がないから、死んだ気で生きて行かうと決心しました。」

そして、乃木大将の殉死をきいた先生は、自殺の決心を固めたのである。

＊

財産を目のまえにすると、それまで信頼するに足る人物とされていた叔父は、たちまちわるいこころを起こし、それをのっとってしまう。しかも、先生は彼の甥《おい》にあたるのである。「多くの善人がいざといふ場合に突然悪人になる」という人間のおそろしい「我執」がここでは美事にとらえられている。先生は「父があれ丈《だけ》賞め抜いてゐた叔父ですら斯うだから、他《ほか》のものはといふ」論理で、人間全体が信じられなくなる。しかし、まだ先生が疑いの目をむけずにいられるものが残されていた。それは、愛である。

その後先生は、下宿のお嬢さんに「殆《ほと》んど信仰に近い愛」をもつ。だが、そこに先生の人間への不信感が、微妙に働きかけずにはおかなかった。先生は、奥さんの親切だが意味ありげな行動を次のように思う。

「私は何ういふ拍子か不図《ふと》奥さんが、叔父と同じやうな意味で、御嬢さんを私に接近させやうと力《つと》めるのではないかと考へ出したのです。すると今迄親切に見えた人が、急に狡猾《こうかつ》な策略家として私の眼に映じて来たのです。私は苦々《にがにが》しい唇を嚙みました。」

そして、「二人が私の背後で打ち合せをした上、万事を遣つてゐるのだらう」という迷いと、「御嬢さんを固く信じて疑はな」いという信念との間に立って、少しも動けなくなるのである。先生にとって、どちらも想像であり、どちらも真実である。「策略」や自分の背後でする「打合せ」は、早くから漱石が嫌悪したものであった。そのことは、『吾輩は猫である』にもはっきりとあらわれている。それが『こゝろ』では、このように人間の内面にくい入ってずっと深みを増しているといえよう。

こうして、先生は、素直に自分の気持ちがうちあけられない人間になってしまっている。「肝心《かんじん》の自分といふものを問題の中から引き抜いて」しまったのである。

そこへ登場するのがKである。彼は、道を求めてやまない人物である。そして「過度の労力」からノイローぜぎみになっている。だから先生は、Kの気持ちを少しでもやわらげてやろう、「艱苦」をくり返すことから生じる危険から守ってやろう、と思って、自分の下宿へすすんでKを連れてきたのである。ところが、それがかえって先生を苦しめる結果となる。お嬢さんの気持ちがKの方へ移ってきたらしく感じても、Kに下宿から出てもらえなくなる。何故なら「Kを無理に引張《ひっぱ》ってきた主意が立たなくなる丈《だけ》」だだからである。ここにも先生の倫理感の強さがうかがわれる。

やがて、Kがお嬢さんへの恋を先生に告白すると、先生は「失策った、先を越されたな」と思い、Kの善良な人格につけこんで、かつてKが自分にいったことのある「精神的に向上心のないものは馬鹿だ」ということばをなげつける。その主義からいって恋愛も道のためにはさまたげになるのだから、Kは先生が意図したようにまいってしまう。「君の心でそれを止《や》める丈《だけ》の覚悟がなければ。一体君は君の平生の主張を何《ど》うする積《つもり》なのか」と、たたみかける先生にKは、「覚悟——覚悟ならない事もない」という。そのことばには深い意味があったのに、あのみにくい「我執」にとりつかれて、「片眼《めっかち》」になっている先生は、「私はKより先に、しかもKの知らない間に、事を運ばなくてはならない」と、奥さんからお嬢さんをもらう承諾を得てしまう。こうして、『彼岸過迄』や『行人』にあつかわれた嫉妬の感情がまたとりあげられている。

先生は、「策略で勝つても人間として負けた」のである。自尊心のため謝罪をためらっているうちに、Kは間もなく自殺してしまう。お嬢さんを獲得しようとする、ただそれだけのために、以前はあたたかい思いやりをかけていたKに対して、先生は、すっかり自己を見失ってしまったのだった。かつて、叔父の卑劣なみにくい行為に「多くの善人がいざといふ場合突然悪人になる」ことを見た先生は、それと同じ罪を犯したのである。「神聖」であった先生の恋は「罪悪」となってしまったのだ。

結婚後も先生は、この罪の意識にさいなまれる。Kの墓のまえで、妻が「私と一所になった顚末《てんまつ》を述べてKに喜こんで貰ふ」気持でいるのに反して、先生は「たゞ自分が悪かつたと繰り返す」より他に術《すべ》はない。

「所が愈《いよいよ》夫として朝夕妻と顔を合せて見ると、私の果敢《はか》ない希望は手厳《てきび》しい現実のために脆くも破壊されてしまひました。私は妻と顔を合せてゐるうちに、卒然Kに脅《おびや》かされるのです。つまり妻が中間に立つて、Kと私を何処迄も結び付けて離さないやうにするのです。妻の何処にも不足を感じない私は、たゞ此一点に於て彼女を遠ざけたがりました。すると女の胸にはすぐ夫《それ》が映《うつ》ります。映《うつ》るけれども、理由は解らないのです。私は時々妻から何故そんなに考へてゐるのだとか、何か気に入らない事があるのだらうとかいふ詰問を受けました。笑つて済ませる時は、それで差支《さしつかえ》ないのですが、時によると、妻の癇も高《こう》じて来ます。しまひには『あなたは私を嫌つてゐらつしやるんでせう』とか、『何でも私に隠してゐらつしやるんでせう』とか、『何でも私に隠してゐらつしやる事があるに違ない』とかいふ怨言《えんげん》も聞かなくてはなりません。私は其度に苦しみました。」

どこにも光明の見られない文字どおりの孤独地獄である。『門』の宗助とお米もここまでの孤独をかみしめずにすんだであろう。彼らには、互の傷口をなめ合うような慰めがあった。それに比べて『こゝろ』の先生は、自己の罪を一身に苦しんでいかなくてはならない。そこに先生の「倫理的」「暗」さがあったのである。『こゝろ』には『門』の場合よりさらにきびしい漱石の道義性がうかがわれる。

先生は、Kの死因をくり返しくり返し考えた末、「Kが私のやうにたつた一人で淋《さむ》しくつて仕方がなくなつた結果、急に所決したのではなからうか」と疑い、「私もKの歩いた路を、Kと同じやうに辿《たど》つてゐるのだ」と、慄然とする。そして、「死んだ気で生きて行かう」と決心するが、西南戦争で敵に旗をとられてから三十五年間も死の機会を待っていた乃木大将が殉死した事件にこころを動かされ、「さういう人に取つて生きてゐた三十五年が苦しいか、また刀を腹へ突き立てた一刹那が苦しいか」を考えた末、自殺する決心を固める。漱石は、第一編でのべたように明治天皇の崩御《ほうぎょ》の知らせを受けて、深い感慨にしずんだ。その心象がこの場面にうかがわれる。

『行人』の一郎の場合は、他人に懐疑の眼をむけなければいられないところにその苦しみがあった。彼は、他人にきびしかった。『こゝろ』の先生は、他人も信じられなければ自分をも信じることができない。自分しか責められない「倫理的」な「暗」さを妻の母や妻に奉仕することであがなおうとするのみである。そして、「妻が己れの過去に対してもつ記憶を、成るべく純白に保存して遣りたい」と、のべて自殺する。

『行人』の一郎は、「死ぬか、気が違ふか、夫れでなければ宗教に入るか」する以外にないところにまで追いつめられたが、『こゝろ』の先生は、そのうちの「死」を選んだのである。

この後、漱石は、『道草』の自己凝視を経て「気に入らない事、癪《しゃく》に障《さわ》る事、憤慨すべき事」と「戦かふよりもそれをゆるす事」がより大きな立場であると考えるようになっていった。

年譜

一八六七年(慶応三)　二月九日(旧暦一月五日)、江戸牛込馬場下横町（現、新宿区）に、父夏目小兵衛直克《なおかつ》、母千《ち》枝《え》(後妻)の五男として生まれ、迷信から金之助と名づけられた。夏目家は代々名主であったが、当時、家運が衰えていたので、生後すぐ四谷の古道具屋（八百屋ともいわれている）に里子に出されたが、まもなく戻された。

＊幸田露伴、正岡子規、尾崎紅葉が生まれた。

一八六八年(明治元) **二歳**　十一月、新宿の名主塩原昌之助の養子となり、塩原姓を名のる。

一八六九年(明治二) **三歳**　養父昌之助・浅草の添年寄となり浅草三間町へ移転。翌年種痘がもとでほうそうを病み、顔にあばたが残った。

一八七四年(明治七) **八歳**　養父昌之助と養母やすが不和になり、一時喜久井町の生家に引きとられた。浅草寿町戸田学校下等小学第八級に入学。

＊佐賀の乱。明六雑誌創刊。「柳橋新誌」成島柳北。

一八七六年(明治九) **十歳**　養母塩原家を離縁され、塩原家在籍のまま養母とともに生家に移った。市谷柳町市谷学校に転校。

一八七七年(明治一〇) **十一歳**　市谷学校下等小学等二級を優等で卒業。

＊西南の役。「日本開化小史」(自家版)田口卯吉

一八七八年(明治一一) **十二歳**　二月、島崎柳塢らとの回覧雑誌に「正成論」を発表。十月、神田猿楽町錦華学校にて小学尋常科二級後期を卒業。

＊自由民権論の台頭。

一八七九年(明治一二) **十三歳**　神田一ツ橋の東京府立第一中学校の正則科第七級に入学。

＊国会開設の檄文配布さる。「人形の家」イプセン。

一八八一年(明治一四) **十五歳**　一月、実母千枝、五六歳で死去。中学を中途退学し、三島中洲《みしまちゅうしゅう》の二松学舎に転校。漢学を学ぶ。

＊言論、思想への圧迫。「小学唱歌集」(初編)。

一八八三年(明治一六) **十七歳**　九月、神田駿河台成立学舎に入学し英語を学ぶ。同級に橋本左五郎らがいた。

＊政治小説盛行。「経国美談」矢野龍渓。

一八八四年(明治一七) **十八歳**　小石川極楽水（現、文京区竹早町）の新福寺二階に橋本左五郎と下宿。自炊生活

をしながら成立学舎に通学。九月、大学予備門予科に入る。同級に中村是公、芳賀矢一、正木直彦、橋本左五郎などがいた。入学後まもなく盲腸炎を病んだ。

＊森鷗外、ドイツに留学。「自由太刀余波鋭鋒」坪内逍遥《しょうよう》訳。

一八八五年（明治一八）**十九歳**　中村是公、橋本左五郎ら約十人と猿楽町の末富屋に下宿。かなり乱暴な学生生活をする。

＊尾崎紅葉、山田美妙らが硯友社《けんゆうしゃ》を結成。「当世書生気質」「小説神髄」坪内逍遥。「佳人之奇遇」東海散士。

一八八六年（明治一九）**二〇歳**　七月、腹膜炎のため落第。この落第が転機となり、のち卒業まで首席を通す。中村是公と本所江東義塾の教師となり、塾の寄宿舎に転居。月給五円。

＊「小説総論」二葉亭四迷。「雪中梅」末広鉄腸。

一八八七年（明治二〇）**二一歳**　三月、長兄大助、六月、次兄栄之助共に肺病のため死去。急性トラホームを病み、自宅に帰る。

＊徳富蘇峰、民友社を結成し、「国民之友」を創刊。「浮雲」二葉亭四迷。

一八八八年（明治二一）**二二歳**　一月、塩原家より復籍し夏目姓にかえる。七月、第一高等中学校予科を卒業、九月、英文学専攻を決意し本科一部に入学。英文学を専攻。同校に山田美妙、川上眉山、尾崎紅葉、石橋思案らがいた。

＊山田美妙編集「都の花」創刊。「あひびき」「めぐりあひ」二葉亭四迷訳。

一八八九年（明治二二）**二三歳**　一月、子規との親交が始まる。五月、子規の「七草集」の批評をかき、初めて「漱石」の筆名を用いる。八月、学友と房総を旅行。九月、その紀行文、漢詩文集「木屑録」を執筆し、後に松山の子規に示した。

＊書きおろし小説シリーズ「新著百種」刊行。「新小説」「文庫」創刊。森鷗外、「しがらみ草紙」創刊。

一八九〇年（明治二三）**二四歳**　七月、第一高等中学校本科を卒業。九月、東京帝国大学英文科に入学。ただちに文部省の貸費生となる。

＊「舞姫」森鷗外。「小公子」若松賤子訳。

一八九一年（明治二四）**二五歳**　七月、特待生となる。通院していた井上眼科で可愛らしい女の子と出会う。同二十八日、敬愛していた嫂登世《とせ》死去。十二月、大学教授、J・M・ディクスンにたのまれて「方丈記」を英訳。

＊「早稲田文学」創刊。「こがね丸」巌谷小波《いわやさざなみ》。「蓬莱曲」北村

透谷。「油地獄」斉藤緑雨。「五重塔」幸田露伴。

一八九二年（明治二五）**二六歳**　四月、分家。徴兵をまぬがれるため、北海道後志《しりべし》国岩内郡吹上町一七に移籍。五月、東京専門学校講師となる。暑中休暇中、子規と共に京都に遊び、そこから一人で岡山に行き、さらに、松山に帰省中の子規を訪ね、そこで初めて高浜虚子に会う。七月、「哲学雑誌」の委員となり、「文壇に於ける平等主義の代表者ウォルト・ホイットマンの詩について」を発表。十二月、「中学改良策」（教育学論文）を執筆。

＊正岡子規、日本新聞社に入社。「厭世詩家と女性」透谷。「早稲田文学の後没理想」「即興詩人」、鷗外。

一八九三年（明治二六）**二七歳**　一月、文学談話会で「英国詩人の天地山川に対する観念」を講演し、それを「哲学雑誌」に連載。七月、東京帝国大学英文科を卒業し、大学院に入学。十月、学長外山正一《とやままさかず》の推薦で、東京高等師範学校（現、東京教育大学）の英語教師に就任。年俸四百五十円。

＊「文学界」創刊。「湖処子詩集」宮崎湖処子《こしょし》。「内部生命論」北村透谷。

一八九四年（明治二七）**二八歳**　二月、結核の徴候があり、療養につとめる。十月、小石川伝通院のそばの法蔵院に移住。十二月、菅虎雄の紹介で鎌倉円覚寺塔頭帰源院に入り、釈宗演のもとで参禅。

＊日清戦争始まる。「滝口入道」高山樗牛。「愛弟通信」国木田独歩。

一八九五年（明治二八）**二九歳**　「ジャパン・メール」の記者を志願するが不採用に終わった。四月、高等師範学校、東京専門学校の教師をやめ、松山中学（愛媛県尋常中学校）教諭として赴任。月俸八十円。八月、日清戦争に従軍中の子規が喀血《かっけつ》し、松山に帰郷して漱石の下宿に同居。その刺激で子規の門下と共に句作に熱中。十一月、「愚見数則」を「保恵会雑誌」に発表。十二月、帰京し、貴族院書記官長中根重一長女鏡子と見合いし、婚約成立。

＊悲惨小説・観念小説の流行。「変目《へめ》伝」「黒蜥蜴《とかげ》」広津柳浪。「外科室」泉鏡花。「たけくらべ」「にごりえ」樋口一葉。

一八九六年（明治二九）**三〇歳**　四月、松山中学を辞任、熊本第五高等学校講師となる。月俸百円。のち、市内光琳寺町に一戸を構える。六月、中根鏡子と結婚。七月、教授に就任。九月、合羽町に移転。この年、書斎を漾虚碧堂と名づけた。

＊「めざまし草」創刊。「多情多恨」尾崎紅葉。「今戸心中」

広津柳浪。

一八九七年(明治三〇) **三一歳**　六月、父直克八一歳で死去。七月、上京。九月、単身で熊本に帰る。大江村四〇一に移転。十月、鏡子も熊本に帰る。暮から正月にかけて小天《おあま》温泉に旅行。ここで「草枕」の素材を得たといわれている。

*「金色夜叉」尾崎紅葉。「若菜集」島崎藤村。「源叔父」国木田独歩。

一八九八年(明治三一) **三二歳**　七月、熊本市内内坪井町に転居。鏡子はひどい悪阻に苦しみ漱石自身もノイローゼに悩んだ。

*社会小説の出現。「暮の二十八日」内田魯庵。「忘れえぬ人々」国木田独歩。「不如帰」徳富蘆花。

一八九九年(明治三二) **三三歳**　五月、長女筆子出生。八月、阿蘇山に登る。

*家庭小説の流行。写生文の出現。正岡子規、根岸短歌会を起こす。「己が罪」菊池幽芳。「天地有情」土井晩翠。「暮笛集」薄田泣菫。

一九〇〇年(明治三三) **三四歳**　五月、現職のまま英語研究のためイギリス留学を命ぜられ、九月、ドイツ汽船プロイセン号で横浜港出帆。同行留学生は芳賀矢一、藤代禎輔。十月、パリに一週間滞在し、万国博覧会を見た。十月三十一日、ロンドン塔を見学。十一―十二月、ユニバーシティ・カレッジのケア教授の講義を聴講。のちカレッジをやめ、シェークスピアの研究家、クレイグ博士の個人教授を受ける。鏡子宛の手紙を多数書いている。

*治安警察法公布。「明星」創刊。「高野聖」泉鏡花。「思出の記」徳富蘆花。「はつ姿」小杉天外。

一九〇一年(明治三四) **三五歳**　一月、留守宅で次女恒子出生。五月、ベルリンからきた池田菊苗と二か月間同居。大いに刺激され「文学論」の著述を決意。五、六月、「倫《ロン》敦《ドン》消息」を「ホトトギス」に発表。留学費の不足に苦しむ。この年から英詩を作り始めた。

*「武蔵野」「牛肉と馬鈴薯」独歩。「みだれ髪」晶子。「美的生活を論ず」樗牛。

一九〇二年(明治三五) **三六歳**　三月、「文学論」の執筆進行。四月、旧友中村是公に会う。九月、正岡子規死去。秋ごろ、強度のノイローゼに陥り、日本に発狂の噂が立つ。十二月、ロンドン発、帰朝の途につく。

*日英同盟成立。「重右衛門の最後」田山花袋。「地獄の花」永井荷風。「旧主人」(発禁)島崎藤村。

一九〇三年(明治三六) **三七歳**　一月二十三日、神戸に着

き帰京す。三月、本郷千駄木町一七に移転。第五高等学校を辞し、四月、第一高等学校講師になり（年俸七百円）東京帝国大学文科大学講師を兼任（年俸八百円）した。六月まで「英文学概説」を講じ、「サイラス・マーナー」の講読も担当。七月、「自転車日記」を「ホトトギス」に発表。このころから再びノイローゼが昂じ二か月間妻子と別居した。九月、東京大学で、「文学論」を開講し、三八年六月初まで続けた。十一月、三女栄子出生。水彩画を始め、書もよくした。ノイローゼが再び昂じた。

*対露主戦論が起こり、幸徳秋水、内村鑑三らが非戦論をとなえた。秋水、堺枯川が平民社を設立し「週刊・平民新聞」を創刊。藤村操自殺。「天《そら》うつ波《なみ》」幸田露伴。

一九〇四年（明治三七）**三八歳**　一月、「マクベスの幽霊に就いて」、五月、「従軍行」を「帝国文学」に発表。四月、明治大学講師を兼任。十二月、高浜虚子のすすめで「吾輩は猫である」の第一章を書いた。これは、虚子、河東碧梧桐、坂本四方太らの文章会「山会」で朗読された。

*日露戦争起こる。「火の柱」「良人の自白」木下尚江。「君死にたまふこと勿れ」与謝野晶子。「露骨なる描写」田山花袋。

一九〇五年（明治三八）**三九歳**　一月、「吾輩は猫である」を「ホトトギス」に発表（翌年八月まで断続連載）。「倫敦塔」を「帝国文学」に、「カーライル博物館」を「学鐙」に発表。四月、「幻影《まぼろし》の盾」を「ホトトギス」に、五月、「琴のそら音」を「七人」に発表。六月、「文学論」を講了。九月、「十八世紀英文学」（後に「文学評論」と題して出版）を開講。「一夜」を「中央公論」に発表。十月、「吾輩ハ猫デアル」上編を出版。十一月、「薤露行」を「中央公論」に発表。十二月、四女愛子出生。この年から、森田草平をはじめ寺田寅彦、鈴木三重吉、野上豊一郎、小宮豊隆、松根東洋城、野間真綱らが出入した。

*旅順開城。奉天占領。日本海海戦。講和条約調印。「スバル」創刊。平民社解散。「独歩集」独歩。「海潮音」上田敏。

一九〇六年（明治三九）**四〇歳**　一月、「趣味の遺伝」を「帝国文学」に、四月、「坊っちゃん」を「ホトトギス」に発表。五月、「漾虚集」を出版。八月、「吾輩は猫である」完結。九月「草枕」を「新小説」に、十月、「二百十日」を「中央公論」に発表。十一月、「吾輩ハ猫デアル」中編を出版。十二月、「鶉籠」出版。本郷区西片町一〇番地ろの七号に移転。

＊日本社会党結成。坪内逍遥、島村抱月の文芸協会設立。「破戒」島崎藤村。「運命」国木田独歩。「其面影」二葉亭四迷。「囚はれたる文芸」島村抱月。「神秘的半獣主義」岩野泡鳴。

一九〇七年（明治四〇）**四一歳**　一月、「野分」を「ホトトギス」に掲載。四月、いっさいの教職を辞し朝日新聞社に入社。同月、東京美術学校文学会で「文芸の哲学的基礎」を講演。二週間にわたって京都、大阪を旅行。五月、「入社の辞」を朝日新聞に掲げたのち、「文芸の哲学的基礎」を連載。「文学論」六月、「吾輩ハ猫デアル」下編を出版。長男純一出生。六月二十三日より十月二十九日まで「虞美人草」を朝日新聞に連載。九月、牛込早稲田南町七番地に転居。

＊日刊「平民新聞」創刊。自然主義文学、全盛期に入る。「蒲団」田山花袋。「無解決の文学」片上天弦。

一九〇八年（明治四一）**四二歳**　一月一日から四月六日まで「坑夫」を、六月十三日から六月二十一日まで「文鳥」を、七月二十五日から八月五日まで「夢十夜」を、九月一日から十二月二十九日まで「三四郎」をそれぞれ朝日新聞に連載。十二月、次男伸六出生。

＊赤旗事件勃発。「何処へ」正宗白鳥。「生」田山花袋。「春」島崎藤村。「あめりか物語」永井荷風。「現実暴露の悲哀」長谷川天渓。「欺かざるの記」国木田独歩。

一九〇九年（明治四二）**四三歳**　「永日小品」を朝日新聞に発表。六月二十七日から十月四日まで「それから」を同紙に連載。三月、養父から金を無心され、そのような事件が十一月まで続いた。九月二日、満鉄総裁（当時）の旧友中村是公に招待され満洲、朝鮮旅行に出発し十月十七日帰京した。十月二十一日から十二月三十日まで「満韓ところ〴〵」を朝日新聞に連載。十一月二十五日、「文芸欄」が新設され、これを主宰。

＊伊藤博文がハルビンで暗殺された。自由劇場創立。自然主義文学全盛。「煤煙」森田草平。「邪宗門」北原白秋。「田舎教師」田山花袋。

一九一〇年（明治四三）**四四歳**　三月一日から六月十二日まで「門」を朝日新聞に連載。三月、五女ひな子出生。六月、胃潰瘍のため内幸町長与胃腸病院に入院。八月六日、療養のため修善寺温泉に転地。同月二十四日夜、大吐血があり一時危篤状態に陥る。十月十一日帰京、ただちに長与病院に入院。十月二十九日から翌年二月二十日まで「思ひ出す事など」を病院で執筆し朝日新聞に連載。

*大逆事件。「白樺」「三田文学」「新思潮」(第二次) 創刊。「家」(前編) 島崎藤村。「土」長塚節。「足跡」徳田秋声。「刺青」谷崎潤一郎。「時代閉塞の現状」石川啄木。

一九一一年(明治四四) **四五歳**　二月、文学博士号を辞退。六月、長野教育会の招きで長野市で「教育と文芸」を講演。同月、帝大で「文芸と道徳」を講演。七月、「ケーベル先生」を朝日新聞に掲載。八月、朝日新聞社主催の講演会のために明石、和歌山、堺、大阪に行き、大阪で胃潰瘍が再発。湯川胃腸病院に入院。九月、そこを退院し帰京。十一月、ひな子急死。

*幸徳秋水ら、大逆事件の被告に死刑の判決。社会主義文学をはじめ文学一般への政治的圧力が強化された。「青踏」創刊。「或る女のグリンプス」(「或る女」前編) 有島武郎。

一九一二年(大正元年) **四六歳**　一月一日から四月二十九日まで「彼岸過迄」を、十二月六日から翌年十一月十五日まで(途中中絶)『行人』をそれぞれ朝日新聞に連載。

*明治天皇崩御、大正と改元。米価騰貴。乃木大将殉死。「悪魔」谷崎潤一郎。「大津順吉」志賀直哉。

一九一三年(大正二) **四七歳**　一月、ひどいノイローゼが再発。三月、胃潰瘍再発。五月下旬まで自宅で病臥《びょうが》した。そのため「行人」は中絶。その続きの「塵労」を九月に連載した。籍を北海道から東京に戻す。十一月、南画風の水彩画に熱中しはじめ、津田青楓と交流する。

*護憲運動が激化し東京市内に焼打ち事件起こる。「阿部一族」森鷗外。「珊瑚集」永井荷風訳。「赤光」斉藤茂吉。

一九一四年(大正三) **四八歳**　四月二十日から八月十一日まで「こゝろ」を朝日新聞に連載。九月中旬、四度目の胃潰瘍発病。約一か月病臥した。十一月二十五日、「私の個人主義」を学習院輔仁会で講演。

*第一次世界大戦勃発。対独宣戦布告。「大塩平八郎」森鷗外。「鱧の皮」上司小剣。「道程」高村光太郎。「三太郎の日記」阿部次郎。

一九一五年(大正四) **四九歳**　一月十三日から二月二十三日まで「硝子戸の中」を、六月三日から九月十日まで「道草」を朝日新聞に連載。三月十九日、京都旅行に出発。途中胃病が悪化して寝込んだが、四月、鏡子に京都見物させた後、十六日に帰京。十一月、中村是公と湯ヶ原に遊ぶ。十二月、芥川龍之介、久米正雄が門下に加わった。このころからリューマチスに悩む。

*中国に二十一箇条の要求を出し調印。「羅生門」芥川龍之介。

一九一六年(大正五) **五〇歳**　一月、リューマチスの治療のため、湯ヶ原天野屋の中村是公のもとに転地。五月二十六日から、十二月十四日まで「明暗」を朝日新聞に連載。秋ごろから、俳句に禅味を増した。十一月二十二日、五度目の胃潰瘍を起こし、十二月二日、再度の大内出血で病状はひどく悪化し、八日、絶望状態となり、九日午後六時四十五分死去。十二日釈宗演を導師として青山斎場で葬儀。戒名、「文献院古道漱石居士」。二十八日、雑司ケ谷墓地に埋葬された。

*白樺派の理想主義文学全盛。「渋江抽斉」森鷗外。「腕くらべ」永井荷風。「時は過ぎ行く」田山花袋。「出家とその弟子」倉田百三。

文献

この小冊子をかくにあたって、特に次の書物のお世話になるところが大きかった。記して深く感謝する次第である。

漱石・人とその文学　松岡譲　潮文閣　昭17・12

夏目漱石　小宮豊隆　岩波書店　昭28・8―10

夏目漱石読本　「文芸」臨時増刊　河出書房　昭29・6

漱石伝記篇　荒正人編　創藝社　昭30・3

漱石研究篇　荒正人編　創藝社　昭30・5

夏目漱石の作品　片岡良一　厚文社　昭30・8

夏目漱石　伊藤整編　角川書店　昭33・8

評伝　夏目漱石　荒正人　実業之日本社　昭35・7

夏目漱石の人と作品　福田清人編　学習研究社　昭39・7

日本近代文学年表　久松潜一、吉田精一監修　岩城之徳、小田切進、紅野敏郎、西田勝、三好行雄編集　角川書店　昭40・4

現代日本文学年表（改訂増補版）吉田精一編　筑摩書房　昭40・6

（以上発行年代順）

さくいん

【作品】

【人名】

—完—

夏目漱石《なつめそうせき》■人と作品　　定価はカバーに表示

1966年3月5日　第1刷発行Ⓒ
2016年8月30日　新装版第1刷発行Ⓒ
2017年1月20日　新装版第2刷発行

・著　者 ……………………福田清人《ふくだきよと》／網野義紘《あみのよしひろ》
・発行者 ……………………渡部　哲治
・印刷所 ……………………法規書籍印刷株式会社
・発行所 ……………………株式会社　清水書院

〒102-0072　東京都千代田区飯田橋3-11-6
Tel・03(5213)7151～7
振替口座・00130-3-5283
http://www.shimizushoin.co.jp

検印省略
落丁本・乱丁本は
おとりかえします。

CenturyBooks

Printed in Japan
ISBN978-4-389-40102-3

CenturyBooks

清水書院の〝センチュリーブックス〟発刊のことば

近年の科学技術の発達は、まことに目覚ましいものがあります。月世界への旅行も、近い将来のこととして、夢ではなくなりました。しかし、一方、人間性は疎外され、文化も、商品化されようとしていることも、否定できません。

いま、人間性の回復をはかり、先人の遺した偉大な文化を継承して、高貴な精神の城を守り、明日への創造に資することは、今世紀に生きる私たちの、重大な責務であると信じます。

私たちがここに、「センチュリーブックス」を刊行いたしますのは、人間形成期にある学生・生徒の諸君、職場にある若い世代に精神の糧を提供し、この責任の一端を果したいためであります。

ここに読者諸氏の豊かな人間性を讃えつつご愛読を願います。

一九六七年

清水檀山

SHIMIZU SHOIN